Deseo®

AF797078

¿Negocios o placer?

Julie Hogan

HARLEQUIN®

Editado por HARLEQUIN IBÉRICA, S.A.
Hermosilla, 21
28001 Madrid

¿NEGOCIOS O PLACER?, Nº 1360 - 9.2.05
Título original: Business or Pleasure?
Publicada originalmente por Silhouette® Books.

I.S.B.N.: 84-671-2389-3
Depósito legal: B-50786-2004
Editor responsable: Luis Pugni
Composición: M.T. Color & Diseño, S.L.
C/. Colquide, 6 portal 2 - 3º H, 28230 Las Rozas (Madrid)
Fotomecánica: PREIMPRESIÓN 2000
C/. Algorta, 33 - 5ª. 28019 Madrid
Impresión y encuadernación: LITOGRAFÍA ROSÉS, S.A.
C/. Energía, 11. 08850 Gavá (Barcelona)
Fecha impresion para Argentina:18.1.06
Distribuidor exclusivo para España: LOGISTA
Distribuidor para México: CODIPLYRSA
Distribuidores para Argentina: interior, BERTRAN, S.A.C. Vélez Sársfield, 1950. Cap. Fed./ Buenos Aires y Gran Buenos Aires, VACCARO SÁNCHEZ y Cía, S.A.
Distribuidor para Chile: DISTRIBUIDORA ALFA, S.A.

Capítulo Uno

–Mackenzie, eres el canalla más afortunado del mundo –dijo Todd Herly mientras se echaba al hombro su bolsa de golf.

–Voy a decirle a tu mujer que estás diciendo tacos de nuevo –dijo Alec Mackenzie ocultando una sonrisa.

–Adelante –dijo su amigo mientras caminaban hacia el aparcamiento del club de campo Riviera–. Puedo hacer lo que me dé la gana cuando los niños no están cerca.

–Claro que puedes, tío –dijo Alec riéndose abiertamente.

–De todas formas, no es eso de lo que estamos hablando. Hablamos de lo afortunado que eres por haber conseguido el contrato de Santa Margarita.

–La suerte no tiene nada que ver con eso. Gané este contrato justamente. Trabajé para ello –dijo Alec indicando el sobre que llevaba en la mano–. Que es más de lo que puedo decir de ti y tu compañía, la cual, como de costumbre, hizo una propuesta desmesurada que probablemente no se ajustaba a las necesidades del cliente.

Todd, el hombre que, aparte de su mejor amigo, era su rival más fuerte, abrió la boca escandalizado.

Alec sonrió.

–Claro –dijo él–, que seguro que mi atractivo,

mi carisma y mis buenos modales ayudaron a sellar el trato.

–Lo dudo –dijo Todd–. Aunque estoy seguro de que es lo que utilizaste para conseguir el número de teléfono de esa belleza.

–¿Celoso? –preguntó Alec mientras se aproximaban a sus respectivos coches.

–En absoluto. Chelle me comería vivo si sospechara que he mirado dos veces a una mujer tan atractiva.

–Chelle es así de atractiva –dijo Alec. Y lo decía en serio. Todd y su mujer eran perfectos el uno para el otro, el típico romance de libro. Pero a Alec le gustaba su libertad, y pretendía seguir así. No era que su estado de soltería estuviera en peligro. Al contrario. De hecho la mujer que había conocido la otra noche iba a ser el billete para unas semanas de diversión. Era hermosa, tenía unas piernas larguísimas y… bueno, aquello ya la hacía ideal.

Alec dejó los palos de golf en el asiento del copiloto de su Ferrari Spider descapotable y miró a su amigo.

–Será mejor que me vaya. Tengo que llevar esto a la oficina –dijo Alec mientras señalaba el sobre.

Todd frunció el ceño mientras cerraba el maletero del Mercedes que se había comprado recientemente porque, según él, era el que mejor le iba a su familia de cuatro.

–Retiro lo dicho, Mackenzie –dijo Todd–. No eres el hombre más afortunado. Eres el más competitivo. Siempre lo has sido.

Alec se subió al coche y metió en la guantera el contrato que nombraba a su compañía como la vencedora en una batalla por el proyecto de rediseño arquitectónico más codiciado de toda California del Sur.

–Ganar es lo que importa, Todd –dijo Alec mientras ponía en marcha el motor–. Lo único que importa.

Todd abrió la boca para protestar, pero Alec simplemente se despidió con la mano mientras se alejaba a toda velocidad con los grandes éxitos de los Eagles sonando por los altavoces.

Para cuando la banda comenzó con los primeros acordes de *Desperado,* Alec estaba a medio camino hacia su oficina de Santa Mónica.

«Nada puede ser mejor que esto», pensaba para sí mientras conducía su coche por una calle arbolada de Sunset Boulevard y tarareaba la vieja melodía. Un desayuno en el club de campo con su mejor amigo y una hora jugando al golf habrían sido suficiente para hacer de la mañana algo genial. Pero la llegada de un mensajero de la oficina con las noticias de que su compañía había ganado el proyecto, había sido la mejor interrupción posible.

Aparcó frente al edificio de su compañía y abrió la guantera. Todd tenía razón. Alec tenía una parte de suerte, pero otra mucho más grande de competitividad. Pero estaba seguro de que aquello lo merecía.

A Alec no le daba vergüenza hablar de sus habilidades como arquitecto, así que sólo estaba bromeando a medias cuando le había dicho a Todd que había ganado el contrato por su talento. Mientras pulsaba el botón del ascensor para subir al último piso, pensaba que era muy bueno en lo que hacía. Y él y su equipo habían echo una puja muy competitiva.

Pero aun teniendo el contrato en sus manos, se dio cuenta de que, a pesar de su seguridad, o ego, no podía creérselo del todo. Más allá de la costa del sur de California, en la pequeña isla de Santa Margarita, siete mansiones históricas, pero decadentes, iban a ser restauradas y reabiertas como hoteles de cinco estrellas. Y él y su compañía iban a hacer el trabajo.

–Restauraciones Arquitectónicas Mackenzie –escuchó decir a la recepcionista por teléfono–. ¿Con quién desea hablar?

Alec le guiñó un ojo y se dirigió a su oficina.

Su ayudante, Daisy Kincaid, no estaba en su mesa cuando entró, pero sólo tuvo que entrar en su despacho para ver que ya había estado allí. Sobre su mesa había una taza de café caliente, un par de donuts de sus favoritos, un ejemplar de *Los Angeles Times* y unas cuantas revistas del sector.

Se sentó, colocó los pies sobre la mesa, echó la cabeza hacia atrás y sonrió de verdad por primera vez en semanas.

–¿Lo has conseguido?

Alec miró hacia arriba y vio a Daisy apoyada en el marco de la puerta. Ella también estaba sonriendo y, por un segundo, sólo por un segundo, Alec vio algo que nunca antes había visto. Daisy parecía casi… guapa.

Llevaba la chaqueta desabrochada, mostrando ligeramente su camiseta grisácea. Sus ojos color castaño oscuro brillaban de felicidad y algunos de los rizos de su melena castaña habían escapado a su perpetua coleta.

Alec sacudió la cabeza para apartar aquella imagen de su mente. Probablemente sería un efecto de la luz, o quizá otra señal de que aquél estaba siendo un día mágico porque durante los tres años que ella había trabajado para él, Alec nunca se había atrevido a utilizar la palabra «guapa» para describir a Daisy. Leal, trabajadora, eficiente, lista, resuelta, responsable, ésas eran palabras apropiadas. Pero no era guapa, era justo lo que él necesitaba para su compañía.

Alec bajó las piernas del escritorio, se sentó correctamente y le dijo que pasara.

–Gracias por enviar a un mensajero al campo de golf con el contrato, Daze. ¿Cómo sabías que estaría allí?

Ella le dirigió una mirada que llevaba implícita la frase «oh, por favor». Luego se sentó en una de las sillas.

–Claro –dijo él.

Ella cruzó las piernas y su falda ondeó ligeramente hasta que se posó suavemente sobre sus muslos. Luego se inclinó hacia delante con aire de conspiración.

–Muy bien –dijo ella–. Dime, ¿cómo de feliz eres?

–Increíblemente feliz –dijo él. «Deja de mirarle las piernas», se dijo a sí mismo. «Deja de mirar».

–Sé lo mucho que adoras ganar –dijo ella mientras observaba compulsivamente los adornos y cuadernos que tenía por encima de la mesa–. Pero esta vez es importante para ti por otras razones también, ¿verdad?

–Sí, evidentemente –dijo él, y luego evadió la pregunta diciendo–. Pero no me merezco todo el crédito. Tú has empleado mucho tiempo esta vez también.

Ella alzó la cabeza y sonrió abiertamente. La sonrisa de Daisy irradiaba una absoluta dulzura, que era una de las razones por las que sus clientes parecían adorarla, al igual que todo el mundo en la nómina de Mackenzie. De hecho, había sido una bendición desde el día en que había entrado en su oficina.

Cuando conoció a Daisy, ella tenía veinticinco años y llevaba varios en la universidad. Durante la entrevista habían congeniado y él la había contratado al instante. Ella había sido su primera empleada y se había quedado con él durante todo el tiempo.

–Ha sido un caso perfecto de estudio para mi seminario de empresa –dijo ella mientras reordenaba los bolígrafos que él tenía en una taza.

En ese momento Alec miró al conjunto de notas que había sobre su escritorio. Suspiró al ver una que decía: *Graduación de Daisy. 23 de mayo.* Dos semanas atrás. Mierda.

–No te preocupes, Alec –dijo ella como si le hubiera leído la mente, lo cual hacía con una regularidad asombrosa–. Al final decidí que ponerme un gorro y una toga y desfilar con un puñado de chicos y chicas de veintitantos años era una estupidez. Mi padre y mis hermanos me llevaron a celebrarlo en su lugar.

–¿Es que tú no tienes veintitantos?

–Cronológicamente –dijo ella encogiéndose de hombros.

–Bueno, en cualquier caso creo que esto –dijo él mientras se reclinaba en su asiento y colocaba el contrato en el centro de la mesa con una solemnidad que hizo reír a Daisy–, merece también una celebración. ¿Por qué no llamas al Ivy y reservas para esta noche? ¿A las ocho?

Daisy dejó caer un bolígrafo sobre el escritorio y se ruborizó. Aunque era un hecho que Daisy Kincaid se ruborizaba más que cualquier persona que conociera, no entendía cómo hacer una reserva para cenar podía hacerla sonrojar. Dado que él no sabía cocinar nada más complejo que pan tostado, ella había hecho reservas para él más veces de las que se atrevía a admitir.

–¿El Ivy de Santa Mónica o el de Beverly Hills? –preguntó ella mientras se levantaba.

–El de Beverly Hills, si crees que es posible con tan poca antelación –contestó él.

–No hay problema –dijo Daisy, y se detuvo en el marco de la puerta mientras Alec recogía un puñado de mensajes telefónicos de su escritorio–. Hay un mensaje de tu madre. Ha llamado desde Europa. No ha dejado número, pero ha dicho que intentará llamarte esta semana.

–Mmm. Gracias –dijo él, encontró el mensaje, hizo una bola con él y lo tiró a la papelera. Luego siguió ojeando el resto de los mensajes y casi no se enteró cuando la puerta se cerró tras ella.

Alec acababa de terminarse los donuts y las partes interesantes del *Times* cuando Daisy regresó. Entró en el despacho llevando una nota en una mano y una taza de café caliente en la otra. Mientras se dirigía hacia él, Alec volvió a distraerse con sus piernas, esa vez con su longitud. Lo desorientó tanto que tardó en darse cuenta de que se había quedado mirándole sus sexys rodillas.

«¿Rodillas sexys?», pensó él mientras parpadeaba con fuerza, luego apartó la mirada. ¿En qué diablos estaba pensando? Dos veces en una mañana. Se trataba de Daisy. Debía de tratarse de las largas horas que habían pasado juntos trabajando para conseguir el contrato y los planes preliminares para Santa Margarita. Su vida social había quedado definitivamente atrofiada durante los últimos meses, y esos pensamientos bizarros sobre su ayudante era un signo evidente de que tenía que poner remedio a eso, y pronto.

–¿Has jugado al golf esta semana? –le preguntó

él mientras alcanzaba la nota y trataba de recolocar sus pensamientos.

–Estuve haciendo el patán con uno de mis hermanos –dijo ella con una profunda inocencia mientras dejaba la taza de café y se llevaba la que estaba vacía.

–Aha –dijo él–. Muy bien.

Daisy no hacía el patán jugando al golf. Era estupenda. Lo había descubierto por sí mismo cuando la había invitado a jugar unas semanas antes. Prácticamente había barrido el green con él.

Pegó la nota y la leyó rápidamente. *Ivy, 20h. Reserva para dos. Mackenzie.*

–Alec, estaba pensando que podría...

–Oh, espera –dijo él–. ¿Podrías llamar a Heather Garrett por mí y asegurarte de que puede a las ocho? –añadió mientras le entregaba su agenda electrónica a Daisy–. La conocí el sábado por la noche y...

Miró a Daisy y en ese momento se le fue de la cabeza lo que estaba diciendo. Su radiante sonrisa desapareció, frunció el ceño y en esa ocasión no es que se sonrojara, es que se puso totalmente roja.

–¿Daisy? –preguntó él–. ¿Estás bien?

Ella dudó un momento, luego tomó la agenda con el mismo entusiasmo que mostraría alguien ante una cobra.

–Claro –dijo ella sin ningún tipo de entonación, haciendo que el brillo de sus ojos oscuros fuera incluso más llamativo–. ¿Por qué?

–Es sólo que parecías un poco... –se detuvo y la observó un instante. Daisy nunca se mostraba temperamental ni gruñona–. ¿Qué ibas a decir?

Ella lo miró sin expresividad alguna.

–Has dicho que estabas pensando que podrías... –añadió él.

Tras una larga mirada escrutadora que le hizo sentir como si lo hubieran diseccionado y colocado bajo el microscopio, ella se enderezó y le dirigió una extraña sonrisa.

–Estaba pensando que necesitaba hablar contigo de algo. Pero puede esperar. Hay algunas cosas que tengo que hacer primero.

Y antes de que él pudiera decir nada, ella se dio la vuelta y abandonó el despacho.

Lo que Daisy tenía que hacer no le llevó mucho tiempo. Fue a su escritorio, se sentó en su silla, extrajo el teclado y comenzó a escribir cuidadosamente la nota que debería haber escrito un año atrás, cuando se había dado cuenta de que estaba totalmente loca por su jefe.

Mientras la impresora zumbaba ligeramente, ella miraba los objetos que había sobre la mesa como si nunca antes los hubiera visto. Había una agenda, docenas de fotografías, un plato con caramelos que había ido consiguiendo de sus comidas en el restaurante chino de abajo y un trofeo que Alec le había entregado cuando había capitaneado el equipo de softball de la compañía con él.

Tomó el trofeo y pensó en todas esas tardes de prácticas, riéndose con Alec y con sus colegas, sintiéndose parte de todo aquello y, para ser sinceros, fantaseando con que algún día Alec finalmente despertaría. La tomaría en sus brazos y le declararía su amor eterno.

Sí, las fantasías eran adorables, al menos hasta que irrumpía la realidad.

Tras recrearse durante otro rato con el trofeo y sus expectativas no realizadas, dejó el premio de nuevo sobre el escritorio haciendo un fuerte ruido. «Nada de tonterías sentimentales», se recordó a sí misma mientras se ponía las gafas. Tomó la carta de la bandeja de papel de la impresora y la revisó. Cuando estuvo satisfecha metió la carta en un sobre y se dirigió hacia el despacho de Alec antes de perder la compostura.

Pero tan pronto como agarró el picaporte de la puerta, se detuvo y observó su reflejo en el cristal opaco de la puerta. Se daba cuenta de sus fallos. No era alta, ni rubia, ni guapa, pero se consolaba pensando que, dado que su salario había aumentado en los últimos años, había pasado a comprarse ropa mucho más elegante y profesional y había pasado de cortarse el pelo en Quickie Cuts a ir a un estilista de verdad.

Se agarró el dobladillo de la falda y se sintió como una idiota por haber intentado vestirse para impresionar aquella mañana. Quizá el haberse criado con su padre y tres hermanos como modelos le había impedido adquirir los conocimientos necesarios en cosméticos, moda y flirteo. Fuera cual fuera la causa, aquello no cambiaba nada: nunca iba a conseguir al hombre que deseaba.

Hasta ese día había estado repitiéndose a sí misma que sólo era cuestión de tiempo. Lo único que tenía que hacer era seguir llevándole sus donuts, haciendo sus reservas de viajes y de sus cenas. En su ingenuidad había imaginado que, si seguía haciendo todas esas cosas, finalmente él se daría cuenta de que no podía vivir sin ella, ni profesional ni personalmente. Pero eso era antes de aquella mañana, antes de que Alec le diera el último empujón fuera del nido y ella se cayera desde sus fantasías hasta el frío y duro suelo.

Suspiró, se alisó la chaqueta del traje hecho a

medida y la falda, se recolocó las gafas y se repitió una vez más que toda aquella tontería había acabado. Luego giró el picaporte y entró decidida en el despacho de Alec.

Él no levantó la mirada cuando entró y, aunque su cabeza de pelo oscuro estaba inclinada hacia abajo, ella podía imaginar la concentración en sus ojos azules. Vio la manera en que su camisa negra envolvía sus músculos mientras escribía. Sus brazos bien desarrollados con los que ella se había deleitado durante los dos últimos años se flexionaban y estiraban con el movimiento.

El borde del sobre se le clavaba en la palma de la mano por la fuerza con la que agarraba la carta. ¿Y qué si era tan guapo? Daisy no iba a dejar que eso la distrajese en aquel momento. Se había estado escondiendo tras esa fachada de «esperaré por siempre hasta que te des cuenta» demasiado tiempo. Era hora de ser quien realmente era, así que apoyó una mano sobre una de las sillas de cuero, miró hacia el escritorio y se aclaró la garganta.

Alec miró hacia arriba, se estiró perezosamente y sonrió deliciosamente, mostrando sus dientes blancos, su encanto y su carisma.

–Hey, Daze.

Normalmente aquella sonrisa hacía que el estómago se le contrajese y el corazón le diese un vuelco, pero ya no más. Ni siquiera el enamoramiento como el que ella tenía con Alec podría sobrevivir a su humillación al darse cuenta de que no era a ella a la que estaba invitando a cenar para celebrar el trabajo bien hecho. No era culpa de Alec, pero ella se había dado cuenta en ese mismo instante de que tenía que marcharse de su lado. Era su única esperanza.

Sin una palabra le entregó el sobre y su silla crujió cuando se inclinó para alcanzarlo.

–¿Qué es esto?

Ella apretó el respaldo de la silla con tanta fuerza que el cuero crujió bajo su mano.

–Mi carta de dimisión.

La sonrisa de Alec disminuyó un poco y luego alzó una ceja.

–Ahora di «inocente».

–No se trata de una broma, Alec –dijo ella.

Pasaron los segundos, uno tras otro, pero el silencio no significaba calma. De hecho ella comenzó a imaginarse que eran dos pistoleros, cada uno esperando a que el otro se moviera.

Un momento después él se levantó y la miró.

–¿Es que no eres feliz aquí?

–Eso es irrelevante –dijo ella sintiendo que le faltaba el oxígeno.

–¿Es algo que he hecho yo?

«Mejor dicho algo que no has hecho, estúpido», pensó ella, pero sólo dijo:

–No.

Alec se pasó los dedos por el pelo, pero un mechón desobediente le cayó por delante de un ojo. Ella lo miró y deseó, no por primera vez, que fuera derecho y privilegio el colocarlo de nuevo en su sitio.

–Pues no la aceptaré –dijo él, y tiró el sobre a la papelera.

Daisy se sintió frustrada al ver cómo su dimisión descansaba en el fondo del cubo. Ahora que había terminado sus estudios y un trabajo a jornada completa, tenía más tiempo que nunca para contemplar la futilidad absurda que supondría el quedarse allí. A no ser que hiciera un cambio, sabía que sería más de lo mismo. Ella seguiría al margen mientras él continuaría quedando con una hermosa mujer tras otra, sin apreciar nada más en ella que su eficiencia y trabajo duro como ayudante.

–En realidad estaba pensando que tendríamos que hacer algunos cambios ahora que has terminado tus estudios –dijo él–. Y éste es un momento tan bueno como cualquier otro para discutirlo. Sea lo que sea lo que quieras, seguro que podemos arreglarlo.

–No lo comprendes, Alec –dijo ella, haciendo un esfuerzo por mantener su tono firme–. Si hubieras leído eso –añadió señalando a la papelera–, sabrías que te estoy dando dos semanas de preaviso. Pero me marcho. He aceptado otro trabajo, uno que está más acorde con mis objetivos profesionales.

Dado que realmente no había aceptado ningún otro trabajo, se sintió ligeramente culpable. Las mentiras no eran su estilo, pero sabía que era mejor así. Sería una ruptura limpia y, lo más importante, no tendría que sufrir la humillación de tener que decirle la verdadera razón de su marcha.

Mientras Alec la miraba, Daisy vio algo en sus ojos que, en cualquier otra persona, habría jurado que era dolor. Entonces se dirigió hacia la ventana y miró hacia el océano. Se quedó en pie dándole la espalda a Daisy, con las manos en las caderas. Su respiración era el único sonido que ella escuchaba. Sólo se quedó ahí un momento, pero fuera lo que fuera lo que vio a través del cristal, hizo que su actitud cambiara.

Porque cuando se giró hacia ella, sus ojos azules estaban helados y tenía los labios apretados.

–No será necesario el preaviso –dijo él–. Puedes marcharte ahora.

Daisy no creía que su corazón pudiera hundirse

más de lo que ya lo había hecho, pero sí que podía. Se hundió hasta las suelas de sus nuevas sandalias.

–Al menos debería terminar el día.

–No será necesario –dijo él sin expresión alguna.

Daisy se mordió el labio inferior para evitar que temblara. Así no era como debía terminar aquello. El corazón le retumbaba en los oídos, pero no lo suficientemente fuerte como para no escuchar en su cabeza la voz de su entrenador de deportes de su juventud diciendo al estilo de Obi-Wan: «No muestres debilidad. No dejes que vean cómo te sientes realmente».

De pronto sintió una nueva fuerza en su interior. Alzó la barbilla, sonrió y le tendió la mano a Alec para despedirse.

–Muy bien, entonces. Supongo que esto es el adiós.

Los ojos de Alec parecieron brillar ligeramente mientras observaba la mano extendida de Daisy. Finalmente la estrechó. Su palma y sus dedos inspiraban fortaleza y el mero tacto hizo que ella sintiera un calor tan fuerte por todo el cuerpo que apartó la mano inmediatamente como si se hubiera quemado.

Él la miró con los ojos iluminados con un fuego azul. Luego parpadeó y volvió a darle la espalda.

Ella se pasó la mano por la falda y miró una última vez su perfil tan familiar antes de obligarse a salir por la puerta.

«Ahora sé que he tomado la decisión correcta», pensaba Daisy mientras metía sus cosas en una bolsa todo lo rápido que podía. Luego se dirigió hacia el ascensor rodeando los cubículos que la separaban de la libertad como si estuviera recorriendo los últimos metros de una maratón. Alec estaba destinado a romperle el corazón algún día. Aquél era uno tan bueno como cualquier otro.

Una vez en el vestíbulo, pulsó el botón para llamar al ascensor antes de dirigirle una rápida mirada a Nikki, recepcionista y reina del cotilleo, que sostenía el auricular del teléfono y observaba a Daisy como si fuese a ser el objeto de su próximo cotilleo.

Daisy estuvo a punto de gritar. Durante el último año había estado fantaseando con la posibilidad de terminar su relación laboral con Alec, pero en aquellas fantasías, aquel final se producía con una ceremonia nupcial junto al mar, no con aquella fría confrontación en su despacho.

Cuando entró en el ascensor le dirigió una sonrisa a la recepcionista.

–¿Vas a volver hoy? –preguntó Nikki.

–No, definitivamente no –dijo Daisy, sintiéndose ligeramente culpable por su evasión. Aunque Nikki y ella no estaban particularmente unidas, Daisy había hecho muchos amigos allí. Sólo esperaba que no se preocuparan por ella al enterarse de que se había marchado sin decir adiós.

Por fortuna las puertas del ascensor se cerraron antes de que Nikki pudiera hacer ninguna otra pregunta. Y entonces Daisy Kincaid se quedó no sólo sin trabajo, sino también sin algo que necesitaba mucho más: ese optimismo siempre presente que le había hecho pensar que todo lo que deseara finalmente se cumpliría si no se rendía.

Capítulo Dos

A la tarde siguiente el café estaba carbonizado, la fotocopiadora estaba rota, los planos llegaron tarde, y nadie en toda la oficina sabía cómo ponerse en contacto con el hombre de mantenimiento para que apagase la alarma de la salida de emergencia, que estaba sonando tanto fuera como dentro de la cabeza de Alec.

Estaba tomando aliento para decidir de qué crisis ocuparse primero cuando la alarma de pronto cesó. Al menos una cosa había salido bien, incluso sin la ayuda de la mujer que, se estaba dando cuenta, había sido el corazón de su compañía.

Maldijo en voz alta, al igual que llevaba haciendo desde que Daisy le había entregado su carta de dimisión y había salido de la oficina con todas las cosas que guardaba en su escritorio cayéndosele de la bolsa. Recordaba en ese momento cómo el se había quedado en el marco de su puerta viendo cómo ella se marchaba, mientras su aroma impregnaba el aire a su alrededor. Galletas y leche caliente. ¿Cómo podía alguien oler a galletas y leche caliente?, había pensado él en aquel momento, mientras algo desconocido en su interior le instaba a seguir a Daisy.

Por supuesto, no lo había hecho. Después de todo no era la primera vez que veía la puerta cerrarse tras alguien que le importaba.

Aun así no podía creerse que se hubiera ido. Durante los años él y Daisy habían trabajado incansables horas, habían asistido a cientos de conferencias, habían organizado docenas de celebraciones, incluso compartido comidas de cumpleaños en su restaurante chino favorito. La mera idea de que pudiera despedirse así, sin discusión ni explicación, sin ni siquiera darle la oportunidad de decirle lo importante que era para él y para la compañía. Después de todo lo que habían pasado juntos, bueno, aún le dolía, eso era todo.

«Sigue adelante, Mackenzie», se dijo a sí mismo mientras alcanzaba uno de los mensajes telefónicos que tenía. Ya debería estar acostumbrado a que la gente importante para él se marchara. Simplemente apartaría a Daisy de su mente y se concentraría en descifrar la escritura de la adolescente que la agencia de trabajo temporal le había enviado aquella mañana.

El teléfono de su escritorio sonó cinco veces antes de que viera que la luz se quedaba fija.

–Tiene una llamada –dijo la adolescente por el interfono.

–¿No me digas? –murmuró él mientras tomaba el auricular–. Mackenzie –añadió.

–¿Alec? Por Dios, ¿quién era esa mujer? Era muy antipática.

–Buenos días, señor Baldwin –dijo Alec mientras se preparaba para calmar a su cliente más importante.

El usualmente calmado Joseph Baldwin, el hombre responsable de haberle otorgado a la compañía de Alec el contrato del proyecto de Santa Margarita, sonó enfadado cuando dijo:

–¿Dónde está Daisy? No estará enferma, ¿verdad?

–No, Daisy ha dejado la empresa –dijo Alec, y al

oírlo con sus propias palabras sintió un intenso dolor.

Peor, aquella información fue recibida al otro lado del teléfono con un silencio.

–¿Te han dejado solo?

–Eso parece –dijo Alec, y por enésima vez aquella mañana pensó en que debería ir a buscar a Daisy y llevarla a rastras hasta allí. Pero descartó la idea como lo había hecho las demás veces. Nunca le había rogado a nadie en su vida, y no iba a empezar en ese momento, incluso aunque el objeto de sus ruegos fuese la mejor ayudante que había tenido jamás.

No tenía ni idea de cómo iba a reemplazarla. Con los años se había convertido en su mano derecha. Además de encargarse de que su vida personal estuviese encaminada, había ido adquiriendo cada vez más responsabilidades profesionales.

Pero nada de eso importaba ya, pensó Alec mientras escuchaba lo que le decía Baldwin.

–Tengo que ser honesto contigo, hijo. Si has podido dejar escapar a un diamante como ése, he de decir que mi confianza en ti se ve deteriorada. Mi esposa tiene una especie de sexto sentido con la gente, y ve un gran potencial en la chica. De hecho Virginia ha decidido quedarse en la isla durante la reconstrucción sólo para trabajar con Daisy en el proyecto.

–Veo que no tenía nada clara la profundidad de la señora Baldwin con respecto a Daisy –dijo Alec–. Pero debería saber que, mientras que Daisy habría sido parte importante en el proyecto, no estaba planeado que ella estuviera en la isla de todas formas.

–Pusimos en el contrato que sí estaría.

Alec miró el contrato que no había tenido

tiempo de terminar de revisar, aunque debería haberlo firmado y entregado a Baldwin aquella misma mañana.

–Pensé que sabías que sus capacidades de organización habían sido un factor importante a la hora de seleccionar a Mackenzie –dijo el señor Baldwin–. Virginia ve la renovación de las mansiones en Santa Margarita como una posibilidad para cimentar el legado de su familia. No creo que...

A Alec le había quedado claro desde su primera reunión con los Baldwin que era Virginia Baldwin la que llevaba los pantalones, y era evidente que el señor Baldwin no quería enfrentarse a su mujer para decirle que Daisy se había marchado. Alec casi sintió pena por él.

–Comprendo lo que usted dice –dijo Alec. «Pero no existe posibilidad alguna de que salga corriendo detrás de ella», pensó.

Hubo otro silencio incómodo.

–Muy bien, hijo. Mira, llámame al final del día y ya sabré si volver a revisar las otras ofertas para el proyecto o no.

Y así, sin más, la sangre de Alec se le congeló. ¿Otras ofertas? Sin un contrato firmado, Baldwin tenía todo el derecho a buscar otras empresas. A Alec se le ocurrían múltiples competidores que matarían por quitarle el contrato de las manos. Su propio amigo bailaría encantado sobre su tumba profesional si supiera que el contrato aún estaba sin asignación.

Alec miró la revista *Architectural Abstracts,* que había llegado el día anterior con un nada placentero artículo sobre su trabajo titulado *El diseñador diletante,* que venía a decir que su éxito era más fruto del dinero de su familia y de sus enchufes que de su propio talento.

Pues Alec tenía claro que iba a darle a ese escritor con su talento en las narices. Pero para eso necesitaba el proyecto de Santa Margarita. Se odiaría a sí mismo si dejase que cualquier otro arquitecto se hiciese cargo del trabajo. Después de todo, el respeto de su comunidad profesional hacia su carrera estaba pendiendo de un hilo.

–Lo comprendo –fue lo único que Alec consiguió decir por el teléfono.

–Bien. Maravilloso –dijo Baldwin, luego se despidieron educadamente.

Alec colgó y se dirigió hacia el ascensor antes de que tuviera tiempo para repensar lo que estaba a punto de hacer. Dentro de su plan, aquél era un pequeño inconveniente, se decía a sí mismo mientras apretaba el botón para bajar. Llevaría a Daisy de vuelta, luego empacarían todas las cosas de la oficina y se trasladarían a Santa Margarita durante el tiempo que durara el trabajo. Eso impediría a Daisy volar fuera del nido cuando él no estuviera delante y le daría a la señora Baldwin lo que quería.

–¿Volverá hoy, Mackenzie? –preguntó Nikki desde detrás del mostrador.

–Probablemente –dijo él–. A no ser que la pequeña fugitiva me dé problemas –murmuró para sí.

–¿Perdón? –preguntó Nikki mientras prácticamente se tiraba sobre el mostrador para escuchar lo que decía.

–Hablaba solo.

Mientras bajaba en el ascensor, recordó la tristeza que había visto en los ojos de Daisy el día anterior antes de marcharse. Lo más inquietante fue que tras esa imagen vino otra de su piel sedosa contra la suya mientras le daba la mano para despedirse.

Alec maldijo en voz baja y trató de no pensar en eso. Luego se montó en el coche, encendió el motor y salió del aparcamiento. No importaba nada en ese momento salvo conseguir el proyecto de Santa Margarita. Y para eso iba a hacer algo que siempre se había jurado no hacer, algo que ni siquiera estaba seguro de saber hacer.

Arrastrarse.

–¿Dinero? –repitió Daisy Kincaid al teléfono que tenía agarrado entre la oreja y el hombro.

–Sí –dijo su hermano mayor, Tom–. Esa cosa verde que se intercambia por bienes y servicios a lo largo y ancho del mundo. Supongo que sabes de lo que estoy hablando.

–Muy gracioso. Sabes lo avara que soy. Mis ahorros me sacarán a flote –dijo ella mirando alrededor de su pequeña cocina, que estaba llena de latas de pintura, cacerolas y pinceles–. Eso si evito mis salidas nocturnas a la tienda veinticuatro horas.

–Oh, Dios. No me digas que estás pintando otra vez.

–¿He dicho que estuviera pintando?

–Daze, tu casa va a empezar a parecerse a un calidoscopio si abres una lata de pintura cada vez que estás estresada.

–No estoy estresada –dijo ella, y su estómago eligió ese momento para recordarle que no había comido nada desde el día anterior. Suspiró, luego envolvió la brocha en un plástico para que no se secara y bajó de la escalera–. Simplemente estoy repasando mis opciones.

Tom se quedó callado un instante y ella casi pudo imaginarse su cara de «¿A quién pretendes engañar?»

–Pensé que habías dicho que tenías otra oferta.

–La tengo –dijo ella–. Más o menos.

Durante los años había recibido varias ofertas de colegas y también competidores de Alec, así que lo único que tenía que hacer era preparar algunos currículos. Sabía positivamente que Todd Herly estaría encantado de trabajar con ella, aunque sólo fuera para ganar un punto más en la enemistad más amistosa de la historia. De algún modo, la idea de trabajar en algún sitio que no fuera Mackenzie la deprimía.

Abrió una lata de atún y le dio el aceite con sabor a pescado a su gato, Bam Bam, y luego se preparó un sándwich, mientras Tom, el más responsable de sus tres hermanos, comenzaba un bien intencionado discurso.

Extrañamente ella lo escuchó mientras se comía el sándwich, aunque su cabeza estaba en otro sitio. Lo que realmente estaba pensando era que, en una tarde de martes normal, estaría recogiendo las migas de su almuerzo sobre su escritorio en vez de estar en su cocina comiendo un sándwich y escuchando a su hermano. Pero nada en su vida era normal. Sin trabajo, sin dinero, sin Alec.

–Puedo arreglármelas, Tom –dijo ella sintiéndose súbitamente cansada–. Tengo los currículos preparados y tengo un montón de tarjetas de los colegas de Alec. Algunos han estado intentando echarme el gancho desde el principio.

–Bien –dijo Tom riéndose–. Eso sacará a Mackenzie de sus casillas. Al menos le dará algo en qué pensar antes de empezar a subestimar a su próxima ayudante.

Daisy trató de no pensar en cómo a Alec probablemente no le importaría en absoluto. Seguramente ya habría visto cómo sus colegas le daban tarjetas en las reuniones y le decían cosas del estilo de: «si alguna vez decides plantar a este inútil, bla, bla, bla». En aquellas ocasiones ella se reía y guardaba esa información para los malos tiempos, pero en ese momento…

No es que fuera un mal tiempo, es que llovía a cántaros.

–Si eso te hace feliz, haré algunas llamadas más cuando termine –dijo ella mientras limpiaba su plato.

–Bien. Y llama si necesitas algo. Cualquier cosa, ¿me has oído? Tú ya has hecho suficiente por los demás. Deja que a cambio los demás te ayuden a ti.

Ella prometió que lo haría antes de colgar, luego subió a la escalera y desenvolvió la brocha.

¿A qué estaba esperando?, se preguntaba mientras introducía la brocha en un bote de pintura. Debería estar feliz por ascender en su profesión. Después de todo, ser la ayudante de alguien no era para lo que había trabajado tan duro en la universidad. Y no era la razón por la que había aceptado un trabajo de jornada completa y se había ocupado de su padre y sus hermanos.

No, había hecho todo eso porque tenía un sueño, un sueño que se negaba a abandonar sólo por un pequeño contratiempo de la vida. Una vez que ahorrara suficiente dinero iba a invertirlo en crear su propio hotel. Sabía que era un largo camino el que habría de recorrer, y había muchas cosas que tenía que aprender, pero se agarraba a la visión que tenía de cómo sería su hotel. Después de todo, había fantaseado con ello desde que tenía ocho años y su madre la había llevado a uno de los mejores de Santa Barbara. Un viaje que, inesperadamente se había convertido en su último fin de semana de «sólo chicas» antes de que su madre muriera.

Daisy suspiró, se apartó un mechón de pelo de los ojos con la muñeca y se concentró en lo que tenía entre manos. Ahora que había dejado a Mackenzie se daba cuenta de que había estado trabajando allí por dos razones de las que no estaba orgullosa: un enamoramiento no correspondido y un salario que no le resultaría difícil conseguir en otro sitio. Lo primero había desaparecido en el momento en que Alec la había mirado con frialdad y le había dicho poco más o menos que se metiese sus dos semanas de preaviso por donde le cupiesen. Lo segundo, estaba segura de que finalmente encontraría un sueldo que lo reemplazara.

¿Así que a qué estaba esperando? Y, mientras se preguntaba eso, se dio cuenta de que conocía la respuesta desde el momento en que había abandonado la oficina de Alec. En sus más profundas fantasías, aún estaba esperando a que él se presentara allí, se arrodillara y le dijese que no podía vivir sin ella y que por favor volviese.

Pero dado que era bastante evidente que aquello no iba a suceder, supo que era hora de olvidarlo todo y buscar otro trabajo.

Tan pronto como terminara aquella capa de pintura.

–Realmente has estado ocupada –dijo una voz desde detrás de ella.

Daisy dio un salto, miró por encima del hombro y vio a Alec. Luego sintió pánico al comprobar cómo su rápido movimiento había hecho que la escalera se desestabilizara.

–¡Alec! –gritó ella mientras se agarraba a la madera y escuchaba cómo la brocha golpeaba en la encimera que tenía debajo. En un segundo la escalera se balanceó hacia un lado, ella se inclinó hacia el otro lado y la batalla estuvo perdida. Rezó, maldijo y luego cayó justo en los brazos de Alec–. Uf.

Sus pulmones se vaciaron de golpe, y ella inspiró todo el oxígeno que pudo entre los dientes. Escuchó a Alec maldecir en voz baja y dar un paso hacia atrás para mantener el equilibrio mientras ella le rodeaba el cuello con los brazos. Se le puso la cara roja al sentir cómo los fuertes brazos que la rodeaban la apretaron con más fuerza, y en ese mismo instante su necesidad de oxígeno pasó a segundo plano.

Se le aceleró el corazón mientras Alec la sujetaba con un brazo y con el otro sujetaba sus piernas desnudas manchadas de pintura. Sintió cómo los músculos de su hombro se flexionaban bajo su mejilla y aspiró aquella fragancia masculina que, ella sabía, no tenía nada que ver con la colonia.

Los dos se quedaron así durante un instante. Durante aquel momento de pie en aquella cocina que olía a pintura y sándwiches de atún, el mundo pareció quedar suspendido, como una fruta madura cayendo del árbol.

–El grado de dificultad –dijo Alec finalmente adoptando un tono de comentarista de deportes–, ocho y medio.

Ella se rió, no pudo evitarlo.

–Creo que los jueces rusos van a darte puntuación por agarrarme así, Alec.

–Conseguiré toda la puntuación extra que pueda –dijo él con una voz sexy que le hizo sentir un calor intenso en zonas de su cuerpo que no se atrevía ni a imaginar.

–Puedes... –tragó saliva temiendo el momento en que aquello acabara y, a la vez, ansiosa por ver qué ocurría si no acababa. –Puedes bajarme.

Él tenía la cara muy cerca y la expresión en guardia, pero tenía las comisuras de los labios ligeramente levantadas y sus ojos azules habían adquirido un brillo malicioso. Por un segundo Daisy tuvo la sensación de que Alec iba a negarse, pero entonces le liberó las piernas suavemente y la dejó en el suelo.

Daisy sintió que su cuerpo ardía mientras él deslizaba las manos por su espalda hasta dejarla en el suelo, hasta que casi le tocó el trasero. Respirar se había convertido prácticamente en un deporte olímpico para cuando sus pies finalmente tocaron los fríos azulejos del suelo y ella se apoyó contra la encimera.

Buscó detrás suyo hasta que encontró el borde de la encimera y lo agarró con fuerza, viendo cómo él se metía las manos en los bolsillos de sus vaqueros gastados.

–Veo que aún no estás en tu nuevo trabajo, ¿eh? –preguntó él con una compostura tan diferente a la actitud nerviosa de Daisy que hizo que casi se volviera loca.

–Me diste dos semanas de vacaciones que yo no esperaba, ¿recuerdas? –dijo ella con una sonrisa.

–Ah, sí. Es verdad –contestó él, y miró a su alrededor–. Pero se me ocurren maneras mejores de pasar unas vacaciones que ésta.

–Ya me imagino –dijo ella–. Pero el tiempo para planearlas ha sido bastante escaso.

La sonrisa de Alec fue fría. Ella lo miró a la boca y sintió un súbito placer al imaginarse sus labios contra los de ella, sus manos acariciándola, su pecho contra el suyo. Y de pronto se dio cuenta de que no había superado lo suyo como había pensado minutos antes.

Aquella certeza la descolocó. Trató de olvidarse

del deseo y de poner sus pensamientos en orden. ¿Qué estaba haciendo él allí? ¿Habría ido para disculparse como ella quería? Y lo que era más importante, ¿qué diablos había ocurrido entre ellos?

Su última conversación, y el humillante evento que la había provocado, regresaron a su mente, disipando el tono rosa que ella estaba utilizando para colorear el encuentro que acababan de tener.

–¿Por qué estás aquí, Alec? ¿Qué quieres?

Alec vio a Daisy inclinarse contra la encimera y observó aquellos pechos firmes que nunca se había imaginado estuvieran bajo su conservadora ropa de trabajo, pero que en aquella ocasión se apretaban contra su camiseta. En ese momento él supo exactamente lo que quería, y aquella certeza lo hizo querer darse la vuelta y salir corriendo de su casa.

Pero no podía huir, no en aquella ocasión, así que se contuvo y la examinó desde sus pies descalzos, pasando por sus piernas bronceadas y sus vaqueros cortados y acabando en su camiseta ceñida, que moldeaba sus pechos a la perfección y mostraba ligeramente su estómago.

Pensó que era la manera más eficaz de excitar a un hombre.

Pero un instante después desechó aquella idea. ¿Qué pasaba que de pronto la encontraba atractiva? Era un mal momento, sin duda, y lo último que necesitaba era complicar más su situación. Después de todo era de conocimiento general, según decía Nikki, que Daisy planeaba un futuro con matrimonio, amor y niños. Y aquello era completamente opuesto a los planes de nada de compromisos y sexo casual de Alec. Alec salía con mujeres que comprendían eso y si, por alguna razón, lo olvidaban, su relación acababa pronto.

En cualquier caso, él estaba allí para arrastrarse,

se recordó a sí mismo, y dejó que aquel pensamiento reviviera el dolor y la rabia que había sentido cuando ella lo había abandonado, y la frustración por tener que ceder a los deseos de Joseph Baldwin.

–Daisy –dijo simplemente con una voz más dura de lo que había pensado–. Quiero que vuelvas al trabajo.

La expresión de ella cambió y se alteró, como si estuviera tratando de entender un idioma que acababa de aprender.

–Éste es un cambio importante en ti, ¿verdad? Ayer más o menos me dijiste que tuviera cuidado de que la puerta no me diera en el culo mientras salía.

–Tengo un temperamento fuerte. Ya lo sabes.

–No es verdad –dijo ella–. Eres el hombre más calmado que conozco. A no ser que seas como el doctor Jekyll y mister Hyde y lo hayas estado ocultando.

–En realidad –dijo él–. Creo que puedo decir que no soy esquizofrénico, señorita.

–Bueno, eso es reconfortante.

–Daisy, vuelve al trabajo –dijo él acercándose a ella–. Te necesito.

–Ya te dije que no puedo –dijo ella.

Aquella negativa tan rápida sorprendió a Alec, aunque sabía que no tenía por qué. En las últimas veinticuatro horas había aprendido más de la naturaleza cabezona de Daisy Kincaid que en los últimos tres años.

–¿Por qué no puedes?

Entonces vio la misma tristeza en sus ojos que había visto el día anterior.

–¿Por qué no puedes dejarlo estar?

Alec vio cómo unos cuantos rizos de su pelo escapaban de su coleta y se le ponían por la cara.

–Escucha, te daré lo que quieras –dijo él sin dejar de mirar uno de sus rizos color canela–. Un despacho, un ascenso. Lo que necesites.

Un brillo reemplazó la tristeza en los ojos de Daisy por un momento y él se apresuró a tomar ventaja.

–Te doblaré el sueldo. Doblaré la oferta que te haya hecho... ¿quién dijiste que te había hecho una oferta?

–No lo dije. Y no se trata de dinero, Alec –dijo ella–. Además ya me he cansado de ser ayudante.

–¿Quieres un trabajo diferente? No hay problema. ¿Qué quieres ser?

–¿Qué ocurre, Alec?

–Escucha –dijo él–. Simplemente ven a Santa Margarita conmigo. Podemos arreglarlo allí.

En ese momento la excitación recorrió todo el cuerpo de Daisy.

–¿Santa Margarita? ¿A qué te refieres?

–¿No te lo dije? Quiero que vengas conmigo.

Ella se mordió el labio inferior y consideró su invitación. Mientras la miraba, Alec sintió cómo su cuerpo reaccionaba frente a su cercanía física.

Daisy abrió la boca para hablar, luego la cerró y negó con la cabeza.

–No puedo ser tu ayudante por más tiempo, Alec –dijo finalmente.

–No tienes que ser mi ayudante –dijo él. ¿Qué podría ofrecerle para que su oferta fuese atractiva? «Piensa, Mackenzie». Sólo porque arrastrarse no estuviera entre sus habilidades, no significaba que no pudiera resolver aquello–. Ahora tienes el título, ¿verdad? Puedes llevar una oficina de negocios. Problema resuelto.

Ella miró hacia abajo, a la escalera caída y a la mancha de pintura que había dejado la brocha sobre la encimera. Se inclinó para levantar la escalera y sus vaqueros se le ajustaron perfectamente a las nalgas. A Alec se le aceleró el pulso mientras la miraba y se sintió incómodo.

–No podrías hacer eso –dijo ella mientras limpiaba la encimera con un papel–. En nada de tiempo ya estaría haciendo tus reservas para cenar y recogiendo tu ropa del tinte.

Hubo algo en sus palabras que le golpeó en la conciencia, pero el sentimiento desapareció para dejar paso a la desesperación.

–Daze, si es tan importante, yo haré tus reservas para cenar y te recogeré la ropa.

La mano que limpiaba la encimera se detuvo y Daisy le dirigió una sonrisa, pero luego miró abajo, a sus pies descalzos y a sus uñas descuidadas y volvió a negar con la cabeza.

–Lo siento –dijo ella–. Mi respuesta sigue siendo no.

Alec sintió una banda de acero en su pecho cuando se colocó tras ella y le tomó las manos. Su esencia lo envolvió, de tal forma que estuvo a punto de acercarla más a él. Pero en vez de eso, tomó aliento y esperó a que ella levantara los ojos para mirarlo.

–Daisy, no conozco otra manera de decir esto –dijo él, y sintió la garganta tan seca que tuvo que aclarársela antes de seguir–. Te necesito. No puedo hacer esto sin ti. Por favor.

Y no fue hasta que no dijo las palabras que se dio cuenta de que lo sentía de verdad. Realmente la necesitaba. Era tan vital para su negocio como su programa de diseño, como su ordenador portátil, su móvil y su agenda electrónica. ¿En qué habría estado pensando al dejarla marchar?

Daisy no llevaba puestas sus gafas. A esa distancia sus ojos parecían enormes, llenos de humanidad. Ella le aguantó la mirada sin estremecerse, y la intensidad lo hizo sentir como si estuviera siendo arrastrado dentro de ella. Dios, ¿dónde se había estado ocultando esa mujer todos esos años?

Finalmente ella apartó sus manos y se las metió en los bolsillos traseros de sus vaqueros.

–De acuerdo, Alec –dijo con un suspiro–. No van a gustarte, pero éstas son mis condiciones no negociables.

Alec se preparó para lo que se avecinaba, aunque se alegraba al pensar que el proyecto de Santa Margarita era suyo de nuevo. No le importaba a nadie que hubieran sido los Baldwin los que lo hubieran instado a recuperar a Daisy. Ahora que veía que por fin iba a volver con él, se alegraba de que prácticamente lo hubieran obligado.

–Aceptaré el ascenso al igual que un nuevo puesto en Mackenzie –dijo ella–. Pero quiero ser tu socia, la codirectora de todo el proyecto.

Él la miró y sintió que su alivio iba disminuyendo por momentos.

–¿Socia? ¿Codirectora? Pero tú...

Ella levantó una mano para hacerlo callar.

–Escucha, mis labores van a ser muy parecidas a las que he estado haciendo estos años, sólo que las he estado haciendo sin el título. Así que éste es el plan. Yo llevaré la parte de finanzas y tú la parte de diseño. Pero tendrás que implicarme en cada aspecto del trabajo y tendrás que respetar mis decisiones. Y... –dijo ella con cierto temblor en la voz–, cuando hayamos terminado en Santa Margarita, dejaré Mackenzie para siempre.

A Alec se le agarrotó el estómago. Sabía que debía sentirse feliz, ¿pero cómo? Santa Margarita era el trabajo más importante y complejo que había tenido en los tres años que llevaba trabajando por su cuenta. No podía aceptar sus condiciones. No tenía sentido. Era una locura incluso considerarlo.

De pronto se sintió desfallecido. Con alguna pequeña excepción, su vida había sido como un paseo en limusina, que lo llevaba donde quisiera ir y en el momento que quisiera. Sus socios lo habían agasajado de todas las maneras posibles, y él no se había privado de nada.

Para él la vida era fácil, conseguía lo que quería. Lo cual hacía que ese compromiso pareciera un viaje peligroso hacia lo salvaje y desconocido.

Pero parecía que no tenía otra opción. Simplemente tendría que controlar a Daisy de cerca como ella controlaba su trabajo. No es que controlarla de cerca fuese a ser difícil, pensó mientras veía cómo la luz se reflejaba en su pelo y mientras se deleitaba con aquella camiseta y todo lo que dejaba entrever.

–¿Trato hecho, Alec? –preguntó ella interrumpiendo sus pensamientos mientras le tendía una mano.

Él la tomó de inmediato. Era cálida, su piel era suave y supo que tenía un problema.

–Dime otra vez qué es lo que estoy aceptando.

–Un ascenso, un puesto de codirectora, respeto hacia mis decisiones, libertad para marcharme al final del proyecto y esa otra cosa que me has ofrecido.

–¿Qué otra cosa? –preguntó él frunciendo el ceño.

–Venga –dijo ella con una sonrisa–. No puedes haberlo olvidado tan pronto.

–Recuérdamelo.

–Te ofreciste para ser mi chico de los recados –dijo ella mientras le estrechaba la mano con fuerza–. Y, créeme, Alec. Eso sí que es fundamental.

Capítulo Tres

Tres días después Daisy aún sonreía mientras miraba a través de la enorme ventana del helicóptero y se deleitaba con la enormidad del Océano Pacífico bajo sus pies. Simplemente no podía creerse los giros que había dado su vida en la última semana. Había pasado de ser una parada enamorada y adicta a las mejoras domésticas, a ser una negociadora despiadada y codirectora de un proyecto sumamente importante.

Eso sí que era progresar.

Dirigió una mirada por encima de su hombro. Alec estaba sentado en el asiento de atrás del helicóptero, trabajando con su portátil. Su equipaje estaba apilado junto a él y Bam Bam estaba en la gatera que había a sus pies.

Alec no miraba hacia adelante, pero Daisy estaba empezando a acostumbrarse a eso. En los últimos días desde que Alec había abandonado su cocina con su lista de condiciones, su relación había sido estrictamente profesional. Desde el momento en que ella había regresado a la oficina al día siguiente hasta que se habían subido al helicóptero diez minutos antes, había estado trabajando con un extraño.

De hecho los cambios en su relación fueron tan sorprendentes que ni siquiera podía disfrutar de algunas de sus meteduras de pata iniciales como chico de los recados. El proceso de conseguir el helicóptero debería haber sido gracioso. Después de todo, poco después de llegar al aeropuerto de Long Beach, había quedado claro que Alec pensaba que los helicópteros estaban ahí esperando a llevar a los trabajadores a Santa Margarita con la misma abundancia que los taxis esperaban a la salida del aeropuerto. Pero tras cuarenta minutos de desesperación, cuando finalmente él había conseguido a un piloto que había perseguido hasta la pista de aterrizaje, Daisy se había dado cuenta de que la venganza no era lo suyo. Claro que no iba a dejar que él se librase tan pronto. Había hecho una promesa y la iba a cumplir.

Ella suspiró. De algún modo su relación era lo mejor. Cuando ella se había comprometido en el proyecto, había dejado su enamoramiento por él en el último cajón de su archivo emocional. En ese momento lo único que esperaba de Alec era la oportunidad de poder hacer un buen trabajo para enriquecer tanto su currículo como su cuenta corriente, y conseguir la experiencia necesaria que la llevaría más cerca de su sueño.

«Y seguiré repitiéndome eso siempre que me encuentre con esa magnífica sonrisa», pensó ella para sus adentros.

El piloto, Troy, le tocó la rodilla y luego señaló hacia la ventana.

–Ahí está la isla –escuchó ella a través de los cascos que permitían que los tres pudieran comunicarse por encima del ruido de los motores.

Daisy contuvo el aliento al ver la línea costera de una pequeña y paradisíaca isla. Desde esa altura, las colinas y los valles parecían seductores y curvilíneos. Se dio la vuelta para ver la expresión de Alec, pero no se sorprendió en exceso al ver que él seguía con la mirada fija en la pantalla del ordenador.

–Alec –dijo ella por el micrófono–. Mira, ¿no es precioso?

Cuando él levantó la cabeza y la miró, tenía la mandíbula tan rígida que Daisy deseó poder ver sus ojos a través de aquellas gafas de sol.

–No puedo ver mucho desde aquí atrás –dijo él sin expresividad alguna. Luego volvió a su tarea.

«Muy bien», pensó ella. Le iba a costar mucho acostumbrarse a la distancia entre ellos. Pero no importaba. Tenía claro que no iba a regresar a su papel de ayudante adoradora. No podía.

–Bueno, la próxima vez podrás ponerte delante –dijo ella, y se dio la vuelta tratando de disfrutar de su primer viaje en helicóptero a pesar del humor de Alec.

–¿Ves esos edificios en la bahía? –preguntó Troy–. Es la ciudad de Paloma. No se ve mucho desde aquí, pero es la ciudad más grande de Santa Margarita, y el puerto más importante.

–¿Vives allí? –preguntó ella por el micrófono, pero la idea de que Alec podía escuchar todo lo que decía la ponía nerviosa.

Troy asintió.

–Mis amigos y yo tenemos un sitio alquilado desde hace años, pero yo sólo vivo aquí todos los días en primavera y verano. El negocio de los alojamientos va lento y es peor fuera de temporada.

–Hemos sido muy afortunados dc que te dirigieras hacia allí esta tarde. No creo que hubiera muchos otros vuelos disponibles hoy.

–Efectivamente –dijo él con una sonrisa. El contraste entre sus dientes blancos y su piel bronceada era sorprendente–. Además tengo que sacarme un dinero extra. Parece que al final podré ocuparme de abastecer el bar de nuestra fiesta esta noche. Si queréis venir…

Alec emitió un sonido burlesco, pero ella lo ignoró y dijo:

–Es muy amable de tu parte, Troy.

–Pero estamos aquí para trabajar –dijo Alec.

–Pero tendrás que tomarte un tiempo libre –dijo Troy–. Tengo un amigo que lleva el negocio de esquí acuático en el muelle. Si quieres podemos ir un día. ¿Qué te parece?

Aunque no era experta en la materia, Daisy estaba casi segura de que estaba flirteando con ella, y ella lo estaba disfrutando. Sólo porque Alec nunca se hubiera fijado en ella no significaba que tuviera que ser invisible.

Le dio la espalda a Alec y puso la mejor de sus sonrisas.

–Me encantaría –dijo resistiendo la tentación de comprobar cómo había sentado su contestación en el asiento de atrás. Luego siguió charlando con el piloto sobre la vida en la isla.

Bueno, al menos había hecho un amigo allí. No, dos amigos. Había llamado por teléfono varias veces a la señora Baldwin en los últimos días. La mujer, que había insistido en que la llamara Virginia, no había parecido muy sorprendida al ver que ella también iba a la isla, y al enterarse del nuevo cargo de Daisy.

–Qué bien –había dicho Virginia–. La gente crece de forma increíble cuando se le ofrece un gran desafío.

A Daisy le encantaba la idea de que Virginia Baldwin fuese a ser su amiga.

–Ya casi hemos llegado –dijo Troy–. Hey, mira. Búfalos.

Daisy miró hacia abajo y vio una manada de búfalos pastando en lo alto de una colina.

–¿Son amigables? –preguntó.

–No conozco a ninguno personalmente –dijo Troy con un guiño–. Pero he oído que están de mal humor la mayor parte del tiempo.

Mientras hablaba, el aeropuerto apareció a lo lejos. Alrededor de la pista había varios edificios, y había uno más grande que tenía escrito *Buffalo Bill's* en el tejado con letras grandes.

–Aquí están las mejores hamburguesas de búfalo del mundo –dijo Troy–. Y cuarenta tipos diferentes de cerveza –sus palabras quedaron casi ahogadas por el sonido de las cuchillas del helicóptero mientras descendían–. Dadme un minuto y luego os sacaré a los dos de aquí.

Mientras las turbinas disminuían su zumbido, Daisy le dirigió una última mirada a Alec. Seguía mirando a su ordenador. Parecía ajeno a todo lo que le rodeaba, excepto por ese bulto en su mandíbula. Tras años trabajando juntos, Daisy sabía que eso significaba que estaba alerta a lo que pasaba a su alrededor, y que también estaba bastante molesto.

Alec estaba seguro de que iba a desgastarse los dientes si no bajaba pronto de aquel infierno volador. De entrada el flirteo típico de instituto que se había sucedido desde los últimos veinte minutos los estaba volviendo loco. ¿Quién se creía ese surfero que era? Por lo que Troy pudiera saber, Alec y Daisy eran pareja. Evidentemente no lo eran pero ¿qué le hacía pensar que Daisy era la típica chica a la que le podría decir «eh, muñeca, quieres venir a tomar una birras?»

Y con respecto a ella, qué era todo ese rollo de los sonrojos y las frases al estilo «Oh, Troy» ¿Es que no sabía lo que querían los tipos como él de una chica como ella? Por no hablar de lo que ella llevaba puesto. Se le aceleró el pulso al echar otra ojeada a los pantalones negros y botas altas que hacían que sus piernas parecieran eternas y a la camisa sin mangas que se ajustaba perfectamente a su cuerpo haciendo que sus pechos parecieran…

–¿Señor? –dijo Troy. Alec miró a su izquierda y vio que el nuevo amiguito de Daisy había abierto la puerta y le estaba tendiendo una mano para ayudarlo a bajar del helicóptero.

«Ah, no», pensó Alec mientras tomaba la gatera y se la entregaba a Troy. El gato bufó a Alec y sacó la zarpa por entre los barrotes.

–Aquí tienes. Y el equipaje, si no es mucha molestia –dijo Alec ignorando al gato mientras señalaba con la cabeza a la pila de maletas que tenía a su derecha.

–Claro, señor –dijo Troy–. Pero deje que ayude a Daisy primero.

Y antes de que Alec pudiera decir nada más, Troy había rodeado el helicóptero y abierto la puerta de Daisy. Alec vio cómo el piloto tomaba a Daisy por la cintura y cómo ella sonreía y dejaba que la bajara a tierra.

Tres meses. Él y Daisy iban a estar juntos en esa isla durante tres largos meses. De pronto, sin comprender por qué, se sintió como si estuviera condenado a pasar la eternidad en el infierno.

Veinticinco interminables minutos después, tras circular por una estrecha carretera rodeada de maleza salvaje y malas hierbas, su autobús se detuvo frente al hotel Margarita que estaba situado frente a la colina de Paloma. Por suerte, Alec se había librado de la compañía de Troy, que había decidió quedarse a tomar unas copas en el aeropuerto. Por desgracia, no habían podido marcharse antes de que el piloto le hubiera dado a Daisy indicaciones de cómo llegar a la fiesta que él y sus amigos iban a dar aquella noche.

–Oh, Alec –dijo Daisy mientras salía del autobús tras él–. Es precioso.

Alec, que sin saber cómo se había convertido en el serpa de Daisy, dejó de apilar el equipaje el tiempo justo para poder apreciar la estructura de estilo español. Sus balcones estaban llenos de buganvilla, el jardín era exuberante y lleno de vida. A pesar de su enfado, su ojo artístico no pudo evitar apreciar el encanto del lugar.

Miró a Daisy y vio cómo su cara brillaba de excitación y supo que estaba siendo un cerdo de primera clase. Pero también supo que esa distancia entre los dos era más que necesaria.

Después de abandonar la casa de Daisy días atrás, había pasado el resto de la tarde en el campo de golf tratando de sacarla de su cabeza. No había funcionado en absoluto y, mientras se dirigía a casa por la autopista del pacífico, había tenido que admitir que aquella atracción que sentía no iba a desaparecer. Lo cual era una locura dado que ella había dejado el trabajo y luego le había puesto una serie de condiciones y le estaba haciendo la vida imposible con los recados. Y además, era el tipo de mujer equivocado.

Y ésa era la razón por la que Alec había decidido mantener su relación con ella a un nivel estrictamente profesional. Y estaba bastante seguro de poder hacerlo, sin importar lo guapa que estuviera con aquella ropa que llevaba puesta, ni el modo en que su pelo, por una vez sin coleta, le caía por la espalda dejando ver sus rizos, y la manera en que sus piernas…

–¿Por qué no vas dentro y pides las habitaciones? –dijo él–. Están a mi nombre.

Cuando Daisy regresó minutos después, Alec se dio cuenta de que se estaba mordiendo el labio inferior. La conocía como para saber que aquello era mala señal.

–¿Qué? –preguntó él.

–Tengo nuestra llave –dijo ella, sosteniendo la cadena de una llave con forma de vaso–. Llave –enfatizó.

A pesar de las altas temperaturas veraniegas, Alec se quedó helado.

–Dime que las otras habitaciones no están listas aún –dijo él.

–Aparentemente has reservado la suite –dijo ella tras negar con la cabeza mientras agarraba el asa de la gatera–. Aunque Bill, el de recepción, dice que nos encantará la distribución. Tiene dos áreas para dormir, una zona común que podemos usar como oficina y un baño.

–¿No has preguntado si no tenían otra cosa? –preguntó Alec, sintiendo que su pánico era evidente.

Daisy le dirigió una de sus miradas de «oh, por favor» y luego dijo:

–Por supuesto, pero no tienen nada ahora mismo. Bill dice que puede que nos encuentren otra habitación en una semana, pero es el comienzo de la temporada alta en la isla y se requieren muchos alojamientos. A no ser que se te ocurra otra solución, es lo que hay –dijo ella, y luego añadió con una sonrisa–. Si quieres que te enseñe cómo desarrollar tu nuevo puesto como ayudante, házmelo saber, Alec.

Él dejó que su mirada circulara desde la llave por su brazo bronceado hasta su hombro, y luego a su boca, donde se dio cuenta de que se había puesto algo de pintalabios. Tenía unos labios tan deseables que Alec no podía creerse que no se hubiera fijado antes. ¿Cómo podía haber cambiado tan rápido? ¿Y por qué tenía que ser en ese momento?

–¿Y bien? –preguntó ella. Alec la miró a los ojos y por su mirada dedujo que se había quedado mirándola más de la cuenta.

Se sintió como un chico de instituto al que habían pillado mirando por debajo de la falda de una animadora. Se aclaró la garganta y agarró todas las bolsas que pudo.

–Parece que vamos a tener que estar así un tiempo –dijo él, y luego hizo un gesto con la barbilla para que ella fuese delante–. Vamos a ir a ver cómo de horrible realmente es.

La sorpresa de Daisy ante la incapacidad de Alec de planear algo más complejo que levantarse de la cama, desapareció al instante cuando vio el lugar en el que iban a alojarse.

En realidad, de no ser porque no tenía ninguna intención de pasar el verano durmiendo a su lado, la suite habría sido perfecta. La zona común sería una oficina genial, grande y con mucha luz, con tres mesas y algunas sillas, y con espacio suficiente para todo el equipamiento que Alec había llevado consigo. Había una pequeña cocina al otro lado y un jardincito que daba al mar.

Pero el resto era todo un problema. Las habitaciones estaban separadas sólo por un vestidor y un baño.

Alec comenzó a comprobar que la pared que compartían fuese lo suficientemente ancha.

–No roncas, ¿verdad? –preguntó.

–No que yo sepa –dijo ella mientras miraba dentro del armario.

–¿Nunca te lo ha mencionado ninguno de tus novios?

–Nunca he... –«espera un minutos», pensó Daisy mientras cerraba el armario. No tenía por qué darle detalles de su vida y desde luego no iba a decirle que nunca había tenido novio. Era demasiado humillante y además no era de su incumbencia.

Daisy se dio la vuelta para mirarlo y se sorprendió al ver que se había acercado. Demasiado cerca.

–Umm –dijo ella. Sentía cómo el corazón se le aceleraba por el deseo y trató de recordar lo que estaba a punto de decir. Iba a ser algo que lo pondría en su lugar permanentemente.

–¿Roncado? –preguntó él mirándole fijamente la boca.

–Oh –dijo ella finalmente–. Bueno, nadie me lo ha mencionado.

Una ventana que daba a la bahía de Santa Margarita enmarcaba el poderoso cuerpo de Alec. La vista era fantástica.

–Bien –dijo él–. Entonces supongo que tendremos que quedárnosla. Vamos a intentar mantenernos alejados el uno del otro en todo lo posible.

«Genial. Tres meses en una habitación con el hombre que ha estado ocupando mis sueños eróticos durante el último año», pensó ella. Pero dijo:

–Yo estoy de acuerdo si tú lo estás. Y no te preocupes. Después de cenar con los Baldwin esta noche, iré a reunirme con Troy y sus amigos, así que tendrás un tiempo para estar solo.

–No lo dirás en serio.

–Claro que sí –dijo ella–. Supongo que estaré aquí algunos meses, y no quiero imponerte mi vida social –añadió mientras fingía examinar la cama. Pero le dirigió una mirada de reojo y supo que se avecinaba tormenta.

–Bien –dijo él con voz seca–. Pero si insistes en ir, yo iré contigo.

Daisy se sintió molesta. Si había algo que no necesitaba, era otro hermano mayor. Y aunque así fuera, Alec no estaba en la lista de candidatos.

–No, gracias –dijo ella. «Si vienes conmigo, voy a querer estar a solas contigo todo el tiempo», pensó–. Prefiero ir sola.

–Daisy, soy responsable de ti.

Aquello terminó de volverla loca. ¿Qué le pasaba que todos los hombres a su alrededor insistían en tratarla como a una niña indefensa? Y lo más importante, ¿por qué ese hombre en particular no podía verla como a una mujer? Al fin y al cabo ella no era tan diferente de sus demás novias. Y no lo veía a él ir detrás de ellas cargado de responsabilidades.

–Y una mierda, Alec –dijo ella firmemente–. Soy una mujer adulta que va a una fiesta invitada por un amigo.

–Hey –dijo él encogiéndose de hombros–. Tu amigo me ha invitado a mí también. Y voy a ir.

Daisy tuvo que morderse la lengua para evitar decirle dónde podía irse. Así que, en vez de decir algo que luego lamentaría, simplemente pasó por delante de él y salió fuera para recoger la gatera de Bam Bam y el resto de las bolsas. Cuando regresó, Alec estaba colocando su portátil en una de las mesas de lo que acababa de convertirse en su oficina.

–La habitación de delante es mía –dijo ella, preparada para otra pelea y preguntándose cómo había llegado a molestarla tanto en tan poco tiempo.

–Por mí bien, pero deja al gato allí. Los gatos y yo no nos llevamos bien.

–Qué pena –dijo ella.

Golpeó sus maletas una o dos veces contra las paredes mientras se apresuraba a abandonar la habitación, pero lo oyó decir:

–La cena es en una hora.

–Bien –murmuró ella–. Como si yo fuera la única que llega tarde a todo.

–¿Qué?

–Perfecto –dijo ella con tono de falsa dulzura. Y con eso, cerró la puerta de su habitación, tiró las bolsas sobre la cama, liberó a su gato y se preguntó cómo podía seguir sintiendo aquello por alguien que era capaz de enfurecerla hasta tal punto.

Capítulo Cuatro

La cena con los Baldwin resultó ser la distracción que Daisy necesitaba. El único problema fue que Virginia había sentado a Alec tan cerca de Daisy que sus hombros se rozaban constantemente y su fragancia masculina hacía que ella no dejase de divagar. Estaban tan cerca que el calor de su cuerpo la hacía sentir ganas de apartar la silla para no quemarse.

Pero no lo hizo. Se quedó allí sentada, tratando de concentrarse en la conversación y sólo se permitió mirarle de reojo algunas veces. Estaba perfecto con su camisa de seda azul oscuro y sus pantalones negros. Su pelo estaba revuelto, haciéndola desear pasar sus dedos por él. Y sus sonrisas eran rápidas y genuinas.

Ella había estado loca al aceptar aquel trabajo. Sólo llevaban allí medio día y ya la estaba volviendo loca. ¿Cómo iba a arreglárselas noventa días más?

La única ventaja era que Daisy se encontraba entre amigos. Joseph Baldwin era encantador y Virginia era una anfitriona excelente. La casa de ambos era confortable y a la vez llena de estilo y sofisticación. Durante la cena, sus anfitriones les deleitaron con la interesante historia de Santa Margarita y les hablaron de su excitación al poder cumplir por fin su sueño de restaurar las mansiones.

–¿Estáis seguros de que no os he contado la historia? –preguntó Virginia cuando se sirvió el último plato. Cuando le aseguraron que no se la había contado, ella prosiguió–. Hace mucho tiempo, mi padre fue el dueño de un estudio de cine. Seguro que habéis oído hablar de él: Cosmopolitan Pictures.

Daisy y Alec asintieron. Todo el mundo conocía Cosmopolitan Pictures. El estudio había hecho algunos de los clásicos favoritos de Daisy.

–En el apogeo del estudio, mi padre compró la mayor parte de la isla para que sus actores y actrices tuvieran un lugar tranquilo en el que descansar y veranear. Así podría tenerlos controlados y fuera de las columnas de cotilleo.

Continuó con su explicación sobre cómo la isla se había desarrollado en torno a las siete mansiones que había construido para las estrellas, y cómo una estrella de la época, Paloma Estrella, lo había convencido para construir un casino y llevar a la isla negocios como bares, tiendas de ultramarinos, lavanderías y moteles.

–Y ése fue el comienzo de la ciudad de Paloma. A mi padre le pareció justo que la ciudad llevase el nombre de la persona que la había inspirado.

–Qué niñez más interesante has debido de tener –dijo Daisy–. Con tanta gente glamorosa.

–La verdad es que yo pasaba la mayor parte del tiempo en el internado, pero los veranos aquí con mi madre y mi padre eran estupendos –dijo ella–. Ver cómo esas mansiones se han ido descuidando en los últimos treinta años ha sido un gran disgusto para mí. Por eso estoy ansiosa por verlas de nuevo rebosantes de gente y de alegría.

Mientras terminaban de cenar, Virginia explicó que los propietarios se las habían tenido que ver con los tribunales después de que Cosmopolitan Pictures quebrara tras la muerte de su padre.

–Al final –dijo Joseph mientras una sirvienta retiraba los platos–, el hecho de que los propietarios fueran ante los tribunales fue la única manera de evitar que las mansiones pasaran a manos de promotoras inmobiliarias que las habrían derribado.

Cuando las dos parejas se cambiaron a la terraza, Joseph y Virginia se sentaron en un cómodo banco acolchado, dejando el otro para Alec y Daisy. Alec esperó a que ella se sentara, pero al ver el espacio tan reducido, Daisy prefirió quedarse de pie y observar la actividad del muelle y la calle principal de la ciudad a aquellas horas. Un momento después, Alec se sentó y les preguntó a los Baldwin quién había sido el arquitecto que les había diseñado aquella casa en la colina.

Se permitían muy pocos coches en la isla, así que los carros de golf eran el transporte más utilizado. La mayoría de la gente del lugar los conducía, y los visitantes como Alec y Daisy normalmente utilizaban uno que les proporcionaba el hotel. El resultado de aquello era que la ciudad, desde la posición de Daisy, parecía liliputiense, con los carritos blancos circulando por ahí, y con la gente tocando las bocinas mientras aguardaban a poder maniobrar en las pequeñas plazas de aparcamiento. Ella encontró todo aquello ligeramente desconcertante, como si hubiera sido transportada a otra dimensión.

Cuando la sirvienta apareció con un carrito llevando café y postres, Daisy se sentó y trató de ignorar el roce con el cuerpo de Alec.

«Respira», se dijo a sí misma. «Todo acabará en unos meses». Pero aun así su piel se sonrojaba mientras la presión entre sus muslos aumentaba por la reacción ante el cuerpo de Alec. La misma que había sentido desde el día que lo conoció.

–Alec –dijo Virginia mientras le entregaba una taza de café–. Te lo quería preguntar antes. ¿Cómo está tu madre?

Daisy había apuntado incontables mensajes de la made de Alec durante años. Barbara Mackenzie tenía una voz apresurada y a Daisy siempre le recordaba a alguien que estuviera llamando a un taxi. Pero en ese momento se dio cuenta de que no sabía nada más sobre esa mujer, ni qué aspecto tenía. Alec no tenía ninguna foto de familia sobre su escritorio.

Alec dudó un momento antes de pasarle una taza de café a Daisy.

–Bien –dijo finalmente–. Creo que ahora está en Florencia.

–Oh, no. Lo último que he oído –dijo Virginia–, es que había vuelto a Londres para evaluar algunas de las joyas de la familia real.

–¿Ah, sí? –preguntó Alec. Pero no sonó como una pregunta, sino más bien como que no le importaba lo más mínimo dónde estuviese su madre–. Y dígame, señora Baldwin…

–Virginia –dijo ella.

–Virginia, cuéntame otra vez cómo conociste a Barbara –dijo él.

–Dios, casi ni me acuerdo de la primera vez que nos vimos –dijo Virginia–. Probablemente en alguna de las subastas que organizaba para Sotherby años atrás. Antes de fundar su propia casa de subastas.

Todo el mundo había oído hablar de Subastas Mackenzie, pero hasta ese momento Daisy no sabía que pertenecía a la familia de Alec. Lo miró y se dio cuenta de que había muchas cosas que no sabía de aquel hombre que era capaz de volverla loca sólo con su presencia.

–¿Y es así como descubriste mi compañía?

–No creo –dijo Virginia mirando a su marido para que la ayudase a recordar.

–Leí sobre tu trabajo en una publicación –dijo Joseph–. Recuerdo que no era un artículo muy halagador, pero en las fotos vimos qué era lo que queríamos.

Alec se relajó ligeramente al escuchar el cumplido. Hasta aquella noche no se había dado cuenta de que los Baldwin conocían a su madre, y mucho menos que eran amigos del vecindario. El hecho de que nunca lo hubieran mencionado parecía extraño, pero la idea de que pudiera haber conseguido ese trabajo no sólo por Daisy sino por la madre que había estado años evitando, era demasiado horrible para contemplarla.

Se levantó una suave brisa que trajo consigo lo que Alec comenzó a darse cuenta de que era la fragancia de Daisy Kincaid. Era como azúcar, canela y galletas, lo cual le hizo sonreír. Y eso que no tenía ganas de hacerlo en absoluto.

Aquella tarde en el hotel sólo había estado bromeando al preguntarle si alguno de sus novios le había dicho si roncaba. Pero al ver su reacción, el concepto «bromear» había desaparecido. En aquel momento la idea de ella con otro hombre lo había vuelto loco.

Por eso había insistido en llevarla a la fiesta de Troy. Por eso se quedó a su lado el resto de la noche aunque no paraba de repetirse que no debía. Y por eso estaba perdiendo el control sobre sus prioridades y su cordura.

Miró a Daisy y vio la mirada de curiosidad en sus ojos oscuros. Los Baldwin estaban ocupados con la bandeja de los postres, así que dijo:

–¿Qué?

–¿De qué iba todo eso? –susurró ella.

–Nada –dijo él encogiéndose de hombros, con la esperanza de que Daisy hubiera desechado la idea de interrogarlo sobre su madre. ¿Tan transparente era? ¿O es que Daisy estaba haciendo otra vez eso de leerle la mente?

Pareció que Daisy iba a perseguir su objetivo por un momento, pero luego miró más allá, a los Baldwin, que les estaban ofreciendo una bandeja.

Por desgracia Alec sabía que aquello era sólo temporal. Ya sabía que Daisy era muy cabezota. Pero lo que ella no sabía de él, era que acababa de conocer a alguien igual de cabezón.

La fiesta de la cerveza fue incluso peor de lo que Alec había imaginado. Hordas de veinteañeros y treintañeros bronceados deambulaban por el jardín de una pequeña casa de campo, cada uno con un vaso de plástico rebosante de cerveza y gritando para ser oídos por encima de la música que salía a toda potencia de los altavoces. Los hombres llevaban todos pantalones cortos y esas camisas hawaianas que él había dado a la beneficencia décadas atrás. Las mujeres todas llevaban falda, tops y demasiado maquillaje. La primera impresión de Alec fue, o que había ido directo al infierno, o que había sido transportado de vuelta a los días de universidad.

–¿Vamos por una cerveza? –preguntó Daisy.

Él la miró y vio que sus ojos brillaban y que estaba ansiosa. Se había dejado las gafas aquella noche y, sin ellas, parecía más joven, más guapa, y más peligrosa de lo que él quería admitir.

Alec suspiró. Al menos su inexplicable ansia por ir a aquella fiesta la había hecho olvidar lo del interrogatorio sobre la conversación en la terraza.

–De acuerdo –dijo él, y la guió a través de la multitud colocándole una mano en la espalda.

Mientras trataban de llegar hasta el barril, el calor de su cuerpo le calentaba la palma de la mano y el tejido de su vestido se deslizaba suavemente entre sus dedos. En aquel momento sintió que quería que todo el mundo desapareciera para poder estar a solas con ella.

De pronto una multitud que bailaba corrió hacia ellos haciéndolos perder el equilibrio. Daisy se cayó contra él e instintivamente él la colocó a sus espaldas para protegerla. Luego se dio cuenta de su error al notar cómo el cuerpo de ella presionaba contra su espalda.

Sus curvas ardían en los lugares en que tocaban su cuerpo, sus pechos palpitaban.

Cuando la multitud se calmó, Alec le tomó la mano y la llevó hasta el barril. Ella había querido ir a la fiesta y no iba a dejarla que fuese sola. Pero una vez que estuvieron allí, se preguntaba si había sido buena idea. Había estado torturándolo toda la noche con aquel vestido negro y moviendo sus caderas sobre aquellos tacones. Ya había sido duro tener que estar sentado a su lado durante la cena y encima tenía que soportar aquello.

Daisy frunció el ceño. No podía entender por qué Alec estaba tan molesto. Al fin y al cabo había sido ella a la que habían apartado de mala manera como si fuera una niña que se hubiera adentrado en una calle abarrotada. Era ella la que tenía aquel sentimiento por él que cada vez iba a peor cuando se suponía que estaba superándolo.

La cerveza rebosaba en el vaso que Alec le entregó. Luego miró alrededor del jardín como buscando una ruta de escape.

–Voy a ir a buscar la barra de verdad –gritó él por encima de la música–. Troy debe de haber traído algo bueno de beber con el dinero que le día esta tarde.

Y entonces, sin más preámbulos, se quedó sola.

Frunció el ceño al ver la retirada de Alec, pero luego recordó que no había querido que fuera con ella de todas formas. Eso era exactamente lo que había planeado. Era mucho mejor, pensó mientras lo veía desaparecer entre la multitud. Sí, mucho mejor.

Se apoyó sobre la verja que rodeaba el jardín y dio un trago a la cerveza. Estaba muy fría y sumamente refrescante. Mientras tragaba miró a toda la gente atractiva a su alrededor y luego se miró a sí misma. Su vestido negro sin mangas y sus sandalias de tacón habían estado bien para la cena con los Baldwin, pero allí, en la fiesta de Troy, iba excesivamente vestida en comparación con los demás. Sintiéndose nerviosa por estar fuera de lugar, Daisy dio varios tragos seguidos a la cerveza.

–¡Daisy!

Un bronceado y atractivo Troy se colocó a su lado con una cerveza en cada mano y su radiante sonrisa plantada en la cara.

–Me alegro de verte. No pensé que el pesado de tu jefe te dejara libre esta noche. Hey –añadió antes de que ella pudiera decirle que Alec también había ido–, parece que necesitas más cerveza.

Daisy se dispuso a objetar, pero miró a su vaso y se sorprendió al ver que ya estaba vacío.

–Parece que sí –dijo ella, dejó su vaso en la valla y tomó uno azul que Troy le ofreció. Efectivamente Alec era un pesado. Un pesado que no podía apartar de sus fantasías, aunque fuese a seguir intentándolo–. Es una fiesta genial.

–Ahora que estás tú sí. ¿Quieres perderte conmigo? –preguntó él ofreciéndole su brazo.

Ella sonrió. Aunque probablemente él era unos años mayor que ella, que tenía veintiocho, parecía más joven y tan lleno de vida y energía, que Daisy no pudo evitar disfrutar de su atención.

–Claro –dijo ella mirando a su alrededor por si veía a Alec, el hombre desaparecido–. ¿Dónde vamos? –preguntó mientras Troy la llevaba hacia la casa.

–A la cueva –dijo él misteriosamente.

La cueva resultó ser otro jardín al que se accedía a través de la casa. Durante la hora siguiente, Daisy aprendió un par de juegos de beber. Como había tenido que trabajar duro para acabar la universidad, siempre había estado demasiado ocupada para socializarse con sus compañeros de clase. Esa noche, una docena de sus nuevos mejores amigos estaban haciendo todo lo posible por remediar eso.

Cuando alguien dijo que iba a preparar algo llamado «margarita invertida», Daisy aprovechó para ir a buscar el baño. La fiesta estaba en pleno apogeo, así que tuvo que esperar una cola durante diez minutos antes de que le tocara el turno. Luego, antes de volver a la cueva, echó otro vistazo para buscar a Alec.

No fue difícil encontrarlo. Estaba en el jardín delantero, haciendo lo que mejor sabía hacer. Ahí estaba, con su aspecto tan masculino y seguro de sí mismo, apoyado en una pared hablando con una rubia despampanante.

Daisy casi se ahogó por el potente cóctel de rabia y dudas que sintió en ese momento. Ahí estaba su problema, envuelta en un minúsculo pareo tropical. «Quizá si yo fuera más así», pensó ella, «Alec me habría visto como una mujer». No es que pudiera hacerse más alta, ni más rubia, ni con más curvas. Pero simplemente más sexy, y quizá con un poco más de confianza en sí misma.

«Eso es», se dijo a sí misma, y se preguntó por qué el jardín parecía que empezaba a dar vueltas. «He descifrado el código. Valiente, segura y sexy». Si sólo hubiera sido capaz de ponerlo en práctica, los hombres se caerían a sus pies. Igual que estaba haciendo Alec con aquella rubia. «Lo haré», se dijo silenciosamente. «la próxima vez que se me presente la oportunidad».

Que tendría que ser en algún momento antes de la siguiente era glaciar.

Alec sonreía ante su conquista. «Típico», pensó Daisy mientras se dirigía de nuevo a la casa. Era justo lo que necesitaba para recordar que, una vez que el trabajo hubiera terminado, Alec saldría de su vida para siempre.

Alec divisó a Daisy a lo lejos mientras se iba. Durante la última hora había estado luchando consigo mismo sin saber si ir a buscarla o mantenerse alejado. Y acababa de decidir ir a buscarla cuando había aparecido en el patio por un momento y luego desaparecido rápidamente. Se preguntó por enésima vez en la última hora, dónde habría estado, y si habría estado con Troy.

–¿Y qué va a ser? –preguntó una suave voz femenina junto a él.

Asustado, miró a su lado y vio a la rubia junto a él. Había estado tan ocupado mirando a Daisy que casi se había olvidado de ella. Y aquello no era típico de él.

–¿Qué va a ser qué, cariño? –preguntó él.

–Esto va a ocurrir –murmuró ella en su oído mientras le colocaba una mano en el pecho–. Pero comparto habitación de hotel con unas amigas, así que tendrá que ser en tu hotel.

–Por desgracia –dijo él mientras apartaba la vista de la puerta por la que había desaparecido Daisy–, no creo que la persona que comparte habitación conmigo lo aprobase. Tendré que ir a ver.

Parpadeó. ¿Acababa de decir eso realmente? Era evidente que sus pensamientos estaban tan ocupados con Daisy, que sus instintos naturales le estaban fallando. Pero incluso así, en el tiempo que le llevó atravesar el jardín, casi se había olvidado por completo de la mujer, de su oferta y de todo. Estaba más interesado en comprobar que Troy no estuviera haciendo nada que él no aprobaría, que sería cualquier cosa que tuviera que ver con Daisy.

No le llevó mucho tiempo rastrear la pequeña casa. No encontró a Daisy, así que salió por la puerta de atrás a un jardín más pequeño que estaba ligeramente iluminado por luces blancas de Navidad. Fue fácil encontrarla allí, pero lo que vio lo enfureció tanto que le fue difícil respirar.

Estaba sentada en el borde de un banco de madera, con el vestido levantado hasta medio muslo, con sus tacones haciendo que sus piernas pareciesen eternas. Y el bueno de Troy estaba arrodillado a sus pies, acariciándole una pierna.

Tenía que detenerlo. Mientras Alec recorría el pequeño jardín, ideó algunos planes para calmar a Troy permanentemente.

Daisy levantó la cabeza mientras él se acercaba.

–¡Alec! –dijo ella con voz más alta de lo normal.

–Hey, tío –dijo Troy mientras se levantaba–. No sabía que estuvieras aquí –añadió con una sonrisa.

–Ya me imagino –dijo Alec hasta que la sonrisa de Troy desapareció–. Hora de irnos, Daisy –añadió. Y al ver que Daisy no se levantaba vio que tenía la barbilla levantada, las mejillas sonrojadas y un brillo en los ojos poco familiar.

Daisy dejó el vaso sobre el banco con sumo cuidado, aunque parecía estar vacío. Alec vio que había más vasos vacíos a su alrededor y se hizo una idea de por qué su voz sonaba extraña cuando dijo:

–No seas tonto. No estoy lista para irme aún.

–Sí lo estás.

–Pero, tío –dijo Troy alegremente–. La noche aún es joven. Vamos por otra copa y...

–No, gracias. Ya nos hemos quedado demasiado –dijo Alec, le agarró la mano a Daisy y la levantó de golpe–. Tenemos que irnos.

Ella se quedó en pie por un momento mirando de un lado a otro a Troy y a Alec. Luego miró hacia abajo, a su pequeña mano envuelta en la de Alec. Y nadie quedó más sorprendido que él al comprobar cómo le apretaba a Daisy la mano con fuerza.

–Está bien. Tú ganas –dijo ella con una sonrisa bobalicona.

–De acuerdo –dijo Troy–. Pero, si cambias de opinión, estaremos aquí toda la noche. Gracias por venir –añadió, y miró a Daisy de una forma que Alec quiso partirle la cara en ese instante.

–Ha sido un placer para nosotros –comenzó a decir Daisy, pero Alec ya había tenido suficiente. Se dio la vuelta sin soltarla y comenzó a caminar contra su resistencia hasta que sintió que lo seguía.

Mientras caminaban de vuelta al jardín delantero, Alec se preguntaba qué diablos había ocurrido con la Daisy que conocía y por qué él se mostraba tan protector. Le hubiera encantado achacarlo todo a un instinto fraternal, pero dado que sus sentimientos hacia la nueva Daisy Kincaid estaban lejos de ser fraternales, supo que aquello no le serviría de nada. Pero aun así había algo en ella que le había sorprendido. Tanto que incluso había pasado de la rubia despampanante que incluso todavía hacía lo posible por captar su atención mientras atravesaba el jardín con Daisy.

Fuera lo que fuera, pensó mientras alcanzaban la acera y la música quedaba al fondo, definitivamente no le gustaba.

–¿Cuál –dijo Daisy parándose en seco– es tu problema?

–No soy yo el que tiene un problema, señorita borrachilla. Eres tú la que tiene un problema.

–¿Señorita borrachilla? –preguntó ella mientras apartaba la mano de él–. ¿No lo dirás por el vasito de cerveza que me he tomado?

–¿Vasito? He visto la colección de vasos vacíos que tenías.

–¿Qué hacías? ¿Contar cuántas copas me tomo?

–Era bastante difícil no darse cuenta.

–¿Y qué? ¿Unos vasos de cerveza y ya soy la reina del jardín de la cerveza?

–Hemos estado ahí una hora, Daisy.

–Bueno, pero eso no te da derecho a sacarme de allí como si estuvieras en misión de rescate –dijo ella–. No necesitaba que me rescataran, gracias.

–Pues parecía que sí. No soy ningún puritano, pero creo habiéndote conocido hace doce horas, Troy se toma muchas confianzas acariciándote las piernas.

–¿Qué? –dijo ella mirándolo como si hubiera perdido el juicio–. Se me cayó la cerveza. Troy me estaba secando la pierna con su camisa.

–Ya –dijo Alec, enfureciendo de nuevo al recordar la imagen–. Parece un auténtico caballero.

Ella inclinó la cabeza hacia un lado y sus rizos le cayeron sobre el hombro. Hasta esa semana, Daisy había llevado el pelo con coleta todos los días. Aquella semana, por alguna razón, había decidido dejárselo suelto. Y él se estaba volviendo loco.

Y así, sin más, le vino a la cabeza una imagen de él pasándole los dedos por el pelo, echándole la cabeza hacia atrás y besándola hasta que…

–¿Sabes cuál es tu problema, Alec? –preguntó ella–. No confías en nadie. Y eso es muy triste.

–Claro que confío en la gente –contestó él con rapidez, pero supo en ese instante que le habría costado nombrar a alguien de confianza si le hubieran preguntado.

–Mentiroso. Y tu naturaleza suspicaz ha arruinado mi plan para esta noche.

–¿Tenías un plan?

–Sí, lo tenía, y no gracias a ti –dijo ella, e inclinó la cabeza hacia el otro lado, mirándolo con una expresión que lo hizo sentir incómodo.

Mientras esperaba a que hiciese público su plan, Alec trató de no fijarse en el brillo de sus pendientes, que reflejaban las luces del puerto tras él, ni tampoco quiso fijarse en cómo los pechos de Daisy se apretaban bajo su vestido, ni el modo en que ella se mordía el labio inferior mientras lo miraba.

–Ah, qué diablos –dijo ella dando un paso al frente–. Voy a pasar al plan B.

Y de ese modo se puso de puntillas, le puso las manos sobre los hombros y lo besó con suavidad.

Capítulo Cinco

Sus labios se juntaron con cierto sentimiento de, lo que Alec supo enseguida que era, anticipación. Y esa certeza le hizo sentir un deseo incontrolable.

Quería acercarla más a él, saborear su dulzura, tomar el control, pero algo en su interior le dijo que se detuviera, así que simplemente dejó que su boca siguiera a la de ella por el cálido camino de la menor resistencia y dejó que sus manos actuaran a su parecer. Ambas palmas tocaron la cintura de Daisy y palparon los músculos de su espalda antes de colocar una de sus manos sobre su melena rizada y deslizar la otra más abajo para acercar a Daisy a la creciente presión que aumentaba a cada suspiro.

Alec se dio cuenta de que era justo como lo había imaginado.

Después de los años que habían trabajado juntos, ¿cuándo había empezado a fantasear de aquel modo? ¿Habría sido desde el principio? ¿Desde aquel primer día en que ella había entrado en su despacho con la risa más dulce y rápida que había oído jamás? Pero entonces los labios de Daisy se separaron bajo los suyos y él se olvidó de todo excepto de la mujer que tenía en sus brazos.

Cuando sintió por primera vez su lengua cálida y húmeda contra la suya, el deseo que había sentido antes comenzó a asentarse sólidamente en su ombligo. El peso de la pasión hizo que él profundizara más con el beso y que la agarrara con más fuerza. La dulce esencia de Daisy se mezclaba con la fragancia del océano, una poderosa combinación que se intensificaba mientras ella acercaba su cuerpo al de él hasta que sus pechos se apretaron contra sus pectorales.

Sus lenguas comenzaron una suave batalla por el control mientras la respiración de Daisy se aceleraba por momentos hasta que no pudo evitar emitir el más suave de los gemidos. Aquel sonido lo traspasó y Alec sintió que perdía el control, sintió que estaba siendo empujado a un límite que ni siquiera sabía que existiera y de pronto...

Crash.

El sonido inconfundible de un cristal haciéndose pedazos y las risas de un grupo de jóvenes de la fiesta que salían a la calle fueron más que suficiente para sacar a Alec de su hechizo y recordarle que Daisy también había estado bebiendo. La apartó y dio un paso atrás. Por el amor de Dios, si no paraba aquello no cabía duda de que acabarían en la cama juntos. Y, aunque eso parecía un plan estupendo en ese momento, conocía a Daisy. Puede que esa noche estuviera actuando como si lo deseara, pero él sabía que al día siguiente lo lamentaría.

Los sonidos de la fiesta se hicieron más fuertes mientras su mente se aclaraba por momentos. El lugar donde solía estar su cerebro aún estaba lleno de deseo y su cuerpo aún palpitaba por la necesidad, pero mientras comenzaba a ser consciente del suave olor a cerveza que rodeaba a Daisy, se dio cuenta de que, si se hubiera aprovechado de ella en ese estado, habría sido el mayor cerdo de la historia.

Antes de hablar, la miró a los ojos y vio el deseo ardiendo allí, el mismo deseo que sabía que aún ardía dentro de él. Tragó saliva y apretó los puños para evitar volver a tomarla en sus brazos.

–Daisy –dijo él con suavidad–, ha sido una mala idea.

–¿Ah, sí? –preguntó ella, y sus labios hinchados por el beso se tornaron en una débil sonrisa–. ¿Por qué?

«Ha sido una mala idea», se repetía él una y otra vez mientras miraba aquellos preciosos ojos marrones. Ella había bebido demasiado. Él era su jefe. Tenían trabajo que hacer. Tenían que estar en esa isla juntos tres meses. Y ni siquiera era su tipo.

–Por una cosa –dijo él–. Estás borracha.

Ella se quedó callada por un momento, como considerando sus palabras. Luego sonrió y caminó zigzagueando hacia él hasta apoyar las manos contra su pecho.

–Sí, tienes razón.

Alec estuvo a punto de emitir un gemido al sentir cómo ella deslizaba las manos seductoramente hacia su abdomen.

–Se acabó –dijo él mientras le agarraba las muñecas y le colocaba los brazos en su sitio.

–Oh, venga –dijo Daisy haciendo un mohín–. No seas aguafiestas.

Se le daba bien. En realidad era adorable. Sus labios formaban un arco perfecto, sus ojos le rogaban para poder salirse con la suya y movió la cadera de forma tan sensual que Alec estuvo a punto de darle lo que quería. Pero no podía. No esa noche.

Esa noche era su desgracia el permanecer cuerdo y sobrio por el bien de los dos.

–Daisy –dijo mientras la apartaba de él–. Puede que no siempre sea un caballero, pero aun así no pienso caer tan bajo.

Las palabras comenzaron a hacer efecto en ella, pero fue un efecto muy distinto del que él había imaginado. Se sintió como un cerdo al ver la confusión en sus ojos, al ver cómo su sonrisa se disolvía mientras su cuerpo se endurecía y ella cruzaba los brazos bajo los pechos que él ansiaba tocar.

«Para, Mackenzie», pensó Alec.

–De acuerdo –dijo ella, se dio la vuelta y comenzó a caminar en dirección contraria–. Entonces deberíamos irnos.

Alec suspiró y la alcanzó en tres pasos.

–Aprecio tu cooperación –dijo él mientras le colocaba un brazo sobre el hombro y le daba media vuelta–, pero nuestro carro está en la otra dirección.

Ella se apoyó contra él mientras caminaban y él tuvo que apretar los dientes al notar el cuerpo de ella frotándose contra el suyo. Se dio cuenta de que encajaban a la perfección.

Alec la ayudó a subir al carro y luego condujo hasta llegar al hotel tan rápido como aquel motor le permitía. ¿Su misión? Dejarla a salvo en la cama, sola, para que él pudiera empezar a formular el discurso perfecto para mañana por la mañana. Por supuesto, no tenía ni idea de qué iba a decir. ¿Cómo iba a hacerlo si ni siquiera sabía lo que quería?

Miró a Daisy y se preguntó qué estaría pensando. Probablemente estaría algo avergonzada, lo cual sería comprensible. Después de todo, si hubiera estado sobria jamás lo habría besado de ese modo. No era su estilo hacer algo así en una acera con él. Era demasiado sensata, demasiado dulce, demasiado agradable y lista para eso… para él.

–Nunca he bebido mucho –dijo ella mientras esperaba a que Alec abriese la puerta de la suite.

–¿De verdad? –dijo él tratando de mantener el tono de sorpresa en su voz.

–Es cierto –dijo ella, y pasó por delante de él para entrar en la habitación.

Él se giró para cerrar la puerta de nuevo y cuando se volvió a dar la vuelta vio cómo ella se dirigía a su propia habitación.

–Eh, eh. Espera un momento –dijo Alec colocándose tras ella. Le puso las manos sobre los hombros y la encaminó hacia su habitación. Si la tenía cerca de su cama sintiéndose como se sentía, sería muy peligroso.

Daisy se sentó en su cama de golpe, haciendo que el gato saltara al suelo con un bufido, molesto por haber sido despertado.

–Lo siento –dijo ella, luego se recostó sobre las almohadas, se hizo un ovillo y cerró los ojos–. No pretendía asustarte.

Alec le quitó las sandalias y pensó en ayudarla a desnudarse, pero desechó la idea por ser demasiado tentadora. Ella estaba preciosa con el pelo extendido sobre la almohada, con la mano cerrada junto a la cara y con una leve sonrisa en el rostro.

Se sentía atraído hacia ella incluso en ese momento. Tenía que salir de allí, así que le puso la manta encima y se dirigió a la puerta. Segundos después el gato volvió a saltar sobre la cama, miró a Alec con desafío y se acurrucó junto a Daisy, quedándose dormido en el acto.

Tras apagar la luz y cerrar la puerta suavemente, Alec pensó en las palabras que Daisy había murmurado justo antes de quedarse dormida. Y aunque sabía que se refería al gato, fácilmente podrían haber sido aplicadas a él. Lo había asustado a él, y de un modo que no se había sentido en su vida.

Porque por primera vez, Alec Mackenzie se sentía atraído por una mujer que le hacía sonreír, que le hacía pensar y que le hacía querer ser un hombre distinto.

Daisy no quería despertarse, pero finalmente el ronroneo de Bam Bam la obligó a abrir un ojo. Inmediatamente se puso la almohada sobre la cara para sofocar el ruido y la intensa luz que entraba por la ventana.

–¿Por qué me siento tan mal? –murmuró a Bam Bam desde debajo de la almohada–. No creo que esas dos copas de vino durante la cena...

Al comenzar a recordar, el estómago se le revolvió. Se sentó en la cama y luego maldijo en voz alta porque ese simple movimiento hizo que su cabeza palpitara con más fuerza.

Se había lanzado a Alec, y él la había rechazado.

De pronto sintió como si aquello no fuese real, preguntándose por un momento si realmente había hecho lo que creía que había hecho. Pero sólo tuvo que cerrar los ojos para encontrar la respuesta. Aún podía sentir la sensación de la presión de sus labios, el tacto de su lengua, la textura de su piel bajo sus dedos. Oh, sí, había besado a Alec, y había sido mejor que todas sus fantasías.

Cuando colocó los pies sobre el suelo de azulejos, los recuerdos de la fiesta comenzaron a brotar incesantemente. Recordaba su decisión de ser sexy como las demás chicas de Alec a la primera oportunidad. Recordaba su irresponsable ingestión de cerveza y su participación en esos juegos para beber. Incluso recordaba su determinación por acabar con todo de una vez por todas y lanzarse a besar a Alec. Y luego recordaba la humillación al ser rechazada y lo que él había dicho de que estar con ella sería caer tan bajo.

Se llevó las manos a la cabeza. Siempre había tenido una imaginación activa. Durante el último año había imaginado en su cabeza cientos de películas en las que se veía al detalle cómo sería un encuentro íntimo con Alec. Pero ninguna de esas películas acababa con él diciendo que le resultaba tan poco atractiva que enrollarse con ella habría sido caer muy bajo.

Daisy se levantó, se tambaleó un poco y comenzó a caminar por la habitación lentamente. Desde que lo había conocido, Alec había estado quedando con mujeres constantemente. Ella había metido docenas de nombres en su agenda de direcciones, simplemente para quitarlos semanas después. Era su patrón.

Descorrió las cortinas y parpadeó a causa de la intensa luz. ¿Qué diablos le pasaba? ¿Sería tan repelente y poco atractiva que Alec ni siquiera quería tener una pequeña aventura sin ataduras?

Aparentemente la respuesta era sí.

Su rabia aumentó haciéndola sentir avergonzada y dolida.

Ya era suficiente. Lo que había ocurrido la noche pasada había sido el último tronco que le había permitido echar a Alec al fuego con el que había conseguido quemar su autoestima hasta reducirla a cenizas. Al fin y al cabo, no había podido dejar más claros sus sentimientos con respecto a ella. Claro, había dicho que la necesitaba aquel día en la cocina, pero se refería a cuestiones de trabajo, nada más. Lo que había ocurrido por la noche había dejado eso claro.

Y, aunque ya lo hubiera dicho antes, sabía que esa vez había sido diferente. Esa vez se prometió a sí misma mientras caminaba hacia el baño y abría el grifo de la ducha, que sus sentimientos por él estaban totalmente extinguidos. Nunca más volvería a poner en peligro a su corazón. No con Alec.

No importaba lo que pudiera pasar.

Alec escuchó a Daisy antes de verla.

Se estaba riendo, y aquel sonido tan familiar lo hizo sonreír, a pesar de su mal humor. Cuando abrió la puerta vio que estaba hablando por el teléfono de la cocina. Tenía el auricular colocado entre el hombro y la oreja mientras intentaba alcanzar algo que había en uno de los armarios.

Alec había pasado la mañana visitando los sitios donde iba a trabajar, pero no había podido dejar de intentar convencerse a sí mismo de que lo que había ocurrido la otra noche había sido sólo por casualidad. De hecho, hasta ese momento había estado casi seguro de que su atracción por ella parecería una tontería a la luz del día. Pero no fue eso lo que ocurrió.

Lo que ocurrió fue que se quedó helado al verla de puntillas con sus pantalones cortos y su camiseta verde. Alec se metió las manos en los bolsillos y deseó que la presión que sentía en la ingle desapareciera antes de que ella se diese la vuelta y lo pillase mirando.

–Yo también te echo de menos, Tom –dijo ella mientras sacaba comida de una bolsa.

Alec levantó la cabeza al escuchar ese nombre.

¿Echaba de menos a alguien llamado Tom? ¿Quién diablos era Tom?

–Bueno, siempre puedes venir aquí. En barco, sólo estoy a dos horas de camino –continuó Daisy. Luego hizo una pausa y se rió–. Eso es. Es sólo que eres tan corpulento, que me olvido de que te mareas en los barcos.

Así que el Tom de Daisy era un hombre corpulento que no podía evitar echar la papilla en un viaje en barco, pensó Alec. Pues si tenía los mismos problemas para volar, eso eliminaría cualquier posibilidad de competencia en los próximos meses.

Alec parpadeó. Estaba cansado, pero no tan cansado. Tras una noche de insomnio y medio día pensando en ello, ¿no había decidido ya que iba a poner fin a eso que estaba surgiendo entre él y Daisy? Había algo que estaba surgiendo, no podía negarlo. Pero tampoco podía negar que no era apropiado.

Ella era la típica mujer que un hombre llevaría a casa para que conociera a sus padres, el tipo de mujer que haría a un hombre hablar de remodelar la cocina, hablar del futuro.

En resumidas cuentas, era el tipo de mujer que había estado evitando toda su vida.

Debió de hacer algún ruido porque Daisy se dio la vuelta y cuando lo vio, su sonrisa desapareció y su risa se tornó en una especie de sonido de ahogamiento. Se apoyó sobre la encimera y agarró el auricular con fuerza.

–Tengo que dejarte –dijo ella al teléfono sin dejar de mirar a Alec–. El jefe ha regresado.

El jefe.

Había pronunciado las palabras sin entonación. En ese momento Alec supo que la noche anterior había hecho que todo cambiase. Nunca más podrían volver a ser dos personas que se caen bien y que trabajan juntas. No cuando él ya había probado su sabor y sabía lo que era tenerla entre sus brazos.

Por desgracia no podía dejar que nada ocurriese. Entre otras cosas porque ella era la típica mujer que quería estabilidad y él no. Él no era más que una rata con traje de rata, fingiendo ser un hombre al que le gustaba pasarlo bien hasta que la diversión se acabase. Eso era todo de lo que era capaz, y siempre lo había sabido.

Lo que tenía que hacer era tratar de mantener las distancias. Lo único que se preguntaba en ese momento era si ella pensaría igual.

–Hola, Alec –dijo Daisy tras colgar el teléfono.

De acuerdo, pensaba igual.

–Hola, Daisy –dijo él, y supo que estaba flirteando con el desastre mientras se acercaba a la cocina–. ¿Has dormido bien?

–Como un tronco, pero creo que ya lo imaginarás, teniendo en cuenta el estado en el que estaba cuando me dejaste en la cama. Por cierto, lo siento.

–No te preocupes, nos pasa a todos –dijo él, y se acercó para cerrar la puerta del armario que ella había dejado abierta, y entonces se deleitó con la fragancia que él había acabado por llamar Eau de Daisy.

Por un momento fue como si los dos hubiesen dejado de respirar. Supo entonces que, si no se movía, no iba a poder resistir la tentación de besarla. Pero no parecía poder moverse.

Lo único en lo que podía pensar era en su piel bajo sus manos. Giró la cabeza para mirarla y supo que era un tonto, y entonces...

Ella dio un paso atrás y abandonó la cocina, y no se detuvo hasta estar junto a una de las enormes mesas de robles de la sala principal.

–Hoy ha llegado todo nuestro material de oficina. Ya casi he preparado los ordenadores –dijo ella.

Alec tomó aliento y se apoyó sobre la encimera y consiguió decir:

–Qué bien –y vio cómo a ella le temblaban las manos ligeramente mientras se recolocaba las gafas. Entonces se dio cuenta de que el mobiliario había sido reorganizado. Dos de las mesas ya no estaban una junto a la otra sino una frente a la otra en lados opuestos de la habitación. La tercera estaba en medio–. ¿Quién ha movido las mesas?

–Yo.

Por alguna razón se sintió molesto al comprobar que ella quería poner toda la distancia física posible entre ambos. Y el mero hecho de que ella actuara como si él tuviera la peste le hizo querer provocarla, aunque sabía que no debía.

–¿Vas a instalar un interfono para que podamos hablar entre nosotros?

–Pensé que querrías algo de privacidad para tus llamadas telefónicas.

–Mmm –dijo él mientras caminaba hacia ella–. ¿Y qué pasa si no quiero privacidad?

–Bueno, quizá –dijo ella–, quizá sea yo la que quiere privacidad.

Cuando llegó hasta su escritorio, colocó las manos sobre la madera y se inclinó hasta colocarse tan cerca de ella que podía sentir su respiración.

–¿Para poder hablar con Tom?

–Con Tom o con quien sea –dijo ella, y luego cambió de tema radicalmente–. Todo debería funcionar ya excepto nuestra conexión a Internet.

Bill y yo lo habremos resuelto para cuando empecemos a trabajar el lunes por la mañana.

–¿Quién es Bill?

–Ya lo conoces. El tipo de recepción. Y también trabaja para la compañía de reparto de la isla. ¿Sabías que todo el mundo aquí tiene un par de trabajos? Incluso el pastor local trabaja en la tienda de ultramarinos durante la semana y…

–¿Querrías cenar esta noche?

Su sonrisa desapareció y se sentó lentamente en su silla. La verdad es que Alec no podía creerse que se lo hubiera preguntado.

–¿Contigo? –preguntó ella con cierto escepticismo.

–Claro que conmigo. ¿Con quién si no?

–No sé. A veces tú… –meneó la cabeza y abrió su portátil–. No importa. No quiero cenar contigo –concluyó, y comenzó a teclear en el ordenador a toda velocidad.

«Déjalo estar», pensó Alec mientras se enderezaba y la miraba escribir. «Es lo mejor». Pero entonces su curiosidad, o su orgullo, sacó lo mejor de él y preguntó:

–¿Por qué?

–Porque no.

–¿Te importa explicarte?

–Tengo planes.

–Entiendo –dijo él, y se contuvo de preguntarle lo que realmente quería saber: «¿Dónde? ¿Con quién? ¿Y cuándo volverás?»

Ella dejó de teclear el tiempo justo para mirar su reloj y decir:

–Lo siento, Alec. Tengo que irme.

Él miró el reloj que había en la pared y vio que eran las dos. Entonces hizo la pregunta que no tenía ningún derecho a hacer.

–¿Cuándo volverás?

–Veo que hoy estás cotilla –dijo ella mientras recogía sus cosas.

–Y tú estás misteriosa.

Cuando Daisy abrió la puerta principal, el sonido del bullicio del puerto inundó la habitación.

–Digamos que será mejor que no me esperes. Que pases una buena noche, Alec.

Alec frunció el ceño. ¿Cómo iba a pasar una buena noche cuando ella iba a estar Dios sabe dónde, con Dios sabe quién y hasta Dios sabe cuándo? ¿Y cómo iba a pasar una buena noche con la certeza de que lo único que quería era estar con ella?

–Tú también –gritó él después de que la puerta se cerrase tras ella. Pero cualquiera que tuviera el oído en condiciones habría sabido que no lo decía de verdad.

Capítulo Seis

Daisy aún podía oír la voz sexy de Alec mientras apartaba el sándwich medio mordisqueado y sonreía a su cita para comer, Virginia Baldwin.

–En cualquier caso –dijo Daisy encogiéndose de hombros–. No creo que yo esté hecha para todo ese lío de citas. Creo que nunca he desarrollado esas cualidades típicas de las chicas. Tendría que ser buena en eso.

Virginia estiró un brazo y le dio a Daisy una palmadita en la mano.

–Querida, teniendo en cuenta que perdiste a tu madre muy joven, estoy segura de que tu padre hizo todo lo que pudo –dijo ella–. Pero es lógico que no haya podido enseñarte todas esas cosas que deberías saber.

Daisy sonrió a la mujer mientras jugueteaba con el té helado, y se sintió un poco avergonzada por haberle contado tantas cosas a Virginia Baldwin, que al fin y al cabo era una clienta de Mackenzie. El tema era que, para Daisy, Virginia se había convertido en algo más que una clienta.

–A veces pienso que soy invisible para el sexo opuesto –dijo Daisy–. Que probablemente es porque parezco una bibliotecaria. Pero eso no cambia nada. Incluso si tuviese otro aspecto, todo lo que yo sé sobre cómo atraer a un hombre no daría para escribir ni una página.

–No hay nada de malo en tu aspecto –dijo Virginia.

–Lo siento, Virginia. Habíamos quedado para hablar del proyecto y mírame, aquí, quejándome todo el tiempo.

–En absoluto –dijo la mujer–. Quería pasar un tiempo contigo y es justo lo que estamos haciendo. Ahora –añadió–, tengo una idea.

–¿Una idea sobre el proyecto?

–No, no –dijo Virginia mientras hacía gestos a la camarera para que les trajese la cuenta–. Una idea para ti. Lo que necesitas es una sesión de belleza a la antigua usanza. Pelo, maquillaje, manicura. Lo fundamental. Y tenemos unas boutiques de diseño maravillosas en la avenida Bayside, así que podemos darle un repaso a tu armario también –añadió mientras firmaba la cuenta–. En una tarde borraremos tus penas y te daremos el chorro de confianza que necesitas para ver lo irresistible que eres.

–Oh, no creo que... –comenzó a decir Daisy, pero se detuvo. ¿Cómo sería sentirse femenina por una vez en su vida? ¿Cómo sería tener el poder para hacer que los hombres se giraran al verla? Sería genial. Además, había cierta semilla de maldad en su interior que quería ver a Alec reaccionar al ver que bajo su apariencia inocente siempre había habido una mujer despampanante.

–Hagámoslo.

Caminar sobre unos tacones como aquéllos era un trabajo para profesionales, pensó Daisy mientras caminaba por la acera con las manos llenas de bolsas adquiridas durante una tarde transcurrida en las mejores tiendas de Paloma.

Miró hacia sus pies tratando de no caerse y volvió a sorprenderse al ver que sus uñas estuvieran pintadas de aquel rojo tan llamativo que la manicura de Virginia había llamado Rojo Matador antes de gritar «ay, ay, ay», como una flamenca y aplicárselo en las uñas.

Pero había más.

Gracias a Virginia y a la cantidad de llamadas que había hecho a estilistas, modistas, tiendas de ropa, tiendas de zapatos y un establecimiento que hacía que Victoria's Secret fuera una tontería, Daisy había hecho de todo. Y todo a cuenta de Virginia. Daisy sonrió al recordar las palabras de la mujer.

–Siempre he querido tener una hija a la que poder malcriar. Ahora me siento como si la tuviera.

El sol ya se había ocultado de las calles de Paloma, y los turistas comenzaban a salir de los hoteles, las casas y los barcos para dirigirse a restaurantes, bares y cafés. Daisy miró a su izquierda y se vio reflejada en el cristal de un bar y tuvo que recordarse que realmente era ella.

Sus tacones eran altísimos. Su falda de seda azul clara era minúscula y exhibía sus piernas hasta la altura de los muslos. La parte de arriba era de cachemir y del mismo color que la falda. Le encajaba perfectamente y se le apretaba a la altura de los pechos, que habían aumentado considerablemente a causa de un nuevo sujetador.

Daisy se detuvo para mirarse en el cristal y se tocó el pelo. Aún era oscuro y rizado, pero tenía un aire de recién sacada de la cama que le hacía querer pasarse un peine constantemente. Y en el salón de belleza no sólo le habían provisto de estilista y manicura, sino también con una maquilladora, que había hecho un trabajo excepcional. Claro que, cuando ella intentara hacerlo al día siguiente por sí sola, probablemente acabaría horrorosa. ¿Pero qué importaba? Aunque sólo fuese por una noche, sentirse como Cenicienta por un rato valía la pena.

Miró al reloj que había colocado sobre el restaurante en forma de barco llamado Pitcairn y supo entonces que su sesión de belleza le había llevado más tiempo del esperado. Quizá podría comer algo allí, pensó al ver salir a una pareja de la mano. Odiaba comer sola, pero se moría de hambre. Además, no tenía planes para cenar, a pesar de lo que le hubiese dicho a Alec.

Su estómago se lamentó y decidió que no aguantaba más, así que entró al restaurante y pidió una mesa para uno.

–Sígame, *madame* –dijo la camarera.

¿*Madame*? ¿Tan mayor parecía? Un poco decepcionada por el comentario, Daisy siguió a la muchacha hasta una pequeña mesa. Dejó las bolsas en el suelo y se sentó.

–Disfrute de la cena –dijo la chica antes de desaparecer.

Daisy se colocó la servilleta en el regazo y entonces se dio cuenta de que se trataba de un restaurante polinesio. Desde las sillas de bambú hasta la vegetación exuberante y los pareos de las camareras. Se retorció en la silla y apartó con la mano la rama de una de las plantas de caucho para tener una vista mejor del atípico bar, y se encontró de frente con la cara de Alec.

–Bonitos planes, ¿eh? –dijo él con una sonrisa maliciosa.

A Daisy se le aceleró el corazón y comenzó a sentir frío y calor al mismo tiempo.

–Mis planes son para después de cenar –mintió ella, colocó la rama en su sitio y se dio la vuelta. Debía de estar gafada. ¿Cómo podía ser que la única persona a la que no quería ver estuviera sentada a medio metro de ella?

–¿Y son tus planes para después tan excitantes como tus planes para la cena? –preguntó Alec volviendo a apartar las ramas.

Daisy cerró los ojos y contó hasta diez. Luego sonrió y dijo:

–Te lo contaré todo cuando llegue a casa por la mañana, ¿qué te parece?

–Dios mío –dijo él tras examinarla de arriba abajo–. ¿Qué te has hecho?

Se sintió avergonzada. Por un momento de ingenuidad había imaginado que al verla le dedicaría al menos un cumplido.

–Muchas gracias, Alec –dijo, y le dio la espalda.

–No, no –lo escuchó protestar desde detrás de la planta–. Es sólo que...

Daisy oyó cómo su silla se movía y se sonrojó al comprobar cómo segundos después ya se había colocado a su lado.

De manera inconsciente se llevó la mano al pelo, pero no hacía falta porque él no le estaba mirando el pelo. Le estaba haciendo tal repaso con la mirada que sintió cómo se le calentaba todo el cuerpo.

–Estás preciosa –dijo él cuando su mirada retornó a su cara–. Realmente sorprendente.

–Sí –dijo ella, y abrió el menú para ocultar su cara avergonzada.

Escuchó otra silla moverse y comprobó que Alec se había sentado a su lado, en su mesa.

–Parece que has tenido una tarde ajetreada –dijo él con una sonrisa.

–Bueno, lleva tiempo convertir a un patito feo en un cisne.

–Ya te he dicho que estás preciosa –dijo él mientras alcanzaba la carta de vinos–. Deja de buscar cumplidos.

Puede que ella estuviera buscando cumplidos, ¿y qué?, pensó mientras fingía ojear el menú. Aun así ya no quería nada de Alec.

–No recuerdo haberte pedido que te unieras a mí –dijo ella con frialdad.

–No tenías que hacerlo. Sabía que querías que me sentara a tu lado.

–¿Ah, sí? ¿Y cómo sabías eso?

–Lo adiviné por el modo en que te hacías de rogar.

Daisy tuvo que contenerse la respuesta al ver a la camarera acercarse. Le resultaba familiar, pero no recordaba dónde la había visto.

–¡Hola! Tú eres la amiga de la señora Baldwin. Veo que llevas puesto uno de tus nuevos atuendos.

La mujer de la tienda de ropa.

–Sí, es cierto –dijo Daisy y, cuando Alec levantó la cabeza interesado, ella conscientemente se acarició la camisa de cachemir–. Muchas gracias otra vez por su ayuda.

–Un placer –dijo la mujer–. ¿Sabías que la señora Baldwin está también aquí? –añadió señalando hacia la parte delantera del restaurante–. Justo ahí, con su guapo marido. Pero veo que tú también tienes esa parte cubierta.

–No es mi marido –dijo Daisy refiriéndose a Alec–. Es mi jefe.

–Qué afortunada –dijo la camarera mirando a Alec.

En respuesta, él le dirigió una sonrisa de ésas que debía de llevar usando desde la cuna para desarmar a las mujeres. En cualquier caso, a la camarera la descolocó durante un momento hasta que recordó lo que hacía para ganarse el pan.

–Oh –dijo la mujer mientras levantaba la botella de vino que tenía en la mano y se la mostraba a Alec–. Casi lo olvido. De parte de los Baldwin.

Mientras Daisy se giraba para sonreír a los Baldwin en señal de agradecimiento por el vino, la camarera descorchó la botella. Después de catarlo, Alec asintió y dio su aprobación.

–Iba a decir que deberíamos agradecérselo cuando nos fuéramos –dijo él mientras la camarera llenaba sus copas–. Pero parece que nos podremos ahorrar el viaje.

Daisy giró la cabeza en dirección a la mirada de Alec y vio cómo los Baldwin se aproximaban a ellos.

–Hola a los dos –dijo Virginia. Luego se inclinó y le dio a Daisy un beso en la mejilla–. Estás estupenda.

–Eso es lo que le he dicho –dijo Alec–. Pero no me cree.

–Díselo de nuevo –dijo Joseph–. Las mujeres necesitan oír las cosas buenas un par de veces antes de que les calen.

–Lo intentaré –dijo Alec.

–¿Queréis uniros a nosotros? –preguntó Daisy–. A nosotros nos encantaría, ¿verdad, Alec?

Alec consideró la respuesta. Quería decir: «en realidad no, eso estropearía mi velada. Y contigo con ese aspecto como si acabaras de salir de un cuento de hadas, creo que sería un inconveniente, gracias». Pero dijo:

–Nos encantaría.

–Es muy amable de vuestra parte –dijo Virginia–, pero ya nos íbamos. Disfrutad los dos de la cena.

Y así los clientes favoritos de Alec se marcharon y él se encontró felizmente a solas con su hermosa y nerviosa antigua ayudante.

Todo en ella había cambiado, desde el pelo hasta la ropa de diseño. La verdad era que, en las últimas seis horas, Daisy Kincaid se había transformado en una tentación sin la que no estaba seguro si podría pasar.

–¿Qué? –preguntó ella.

–Nada –dijo él, sintiéndose feliz de que no pudiera leer sus pensamientos.

–Me estás mirando.

«Acostúmbrate», pensó él, pero dijo:

–Lo siento –y alcanzó el menú–. ¿Lista para pedir?

–¿Realmente no vas a marcharte?

–Ni se me ocurriría dejarte cenar sola.

–Pues que se te ocurra –dijo ella–. A mí no me importa.

–Ni hablar. Vas a disfrutar del placer de mi compañía durante el resto de la velada.

–Qué suerte –dijo ella tras un momento, mientras tomaba su propia carta.

Él la observó mientras ella estaba concentrada en la carta y pensó que si no la había besado al final de la noche, habría sido mediante un gran autocontrol. Tenía la sensación de que estaba perdiendo el control sobre su vida.

¿Sería porque los Baldwin habían insistido en que querían a Daisy en la isla? ¿O sería porque Daisy parecía haber revelado algunos rasgos de la que parecía ser su verdadera naturaleza, cabezona y sexy sobre todo? O quizá sería porque en esa ocasión tenía que enfrentarse a aquello, a aquella metamorfosis que hacía que resultara imposible pensar en nada que no fuera llevarla al hotel y hacer el amor con ella hasta sacarla de su universo.

Y sabía que lo haría. Siempre lo hacía. Lo único que podía darle a una mujer era una semana o dos, luego comenzaba a aburrirse, dejaba de llamar, era desagradable durante un tiempo y luego se acababa. Así es como funcionaba habitualmente.

Pero aquello no parecía normal, y no sólo porque no podía aplicar su norma de desaparecer con alguien que trabajaba con él y que compartía su habitación de hotel. No, eso era diferente porque Daisy no era igual que el resto de las mujeres. Le gustaba Daisy. Le gustaba estar con ella, le gustaba hablar con ella.

La camarera regresó y le pidieron la comida antes de tener que renunciar a sus menús y a la carta de vinos. Entonces, sin nada con lo que esconderse, Daisy lo miró con una expresión que venía a decir «¿Y ahora qué?»

Él pensó lo mismo, porque en ese momento no podía pensar en otra cosa que no fuera lo mucho que deseaba a aquella mujer en sus brazos, en su cama.

–Así que… –dijo él cambiando de postura sobre la silla–, dime, ¿qué vas a hacer cuando termine este trabajo?

–No sé –dijo ella–. Encontrar otro trabajo.

–Siempre podrías quedarte –dijo él, y luego deseó poder retroceder. No estaba seguro de si era seguro tener a una tentación como aquélla todo el día en la oficina.

–Ni hablar. Además, tengo un plan.

–¿Otro plan?

Alec supo que había captado el significado porque se sonrojó una vez más. La última vez que había tenido un plan, habían acabado montando un numerito en la acera.

–No como eso. Un plan de verdad. Para mi vida profesional –dijo ella–. Pero no importa…

–Dime –dijo él, y la intensidad de su voz le sorprendió a él mismo.

–No creo –dijo ella–. Quiero decir que nunca se lo había contado a nadie. Ni a mis hermanos.

–Mira, cuando tu trabajo haya terminado aquí, probablemente no me verás más –dijo él–. ¿Así que qué mejor opción que yo?

Ella dio un sorbo al vino y luego lo miró a los ojos.

–Pensarás que es una tontería –dijo ella–. Pero siempre he querido tener un pequeño hotelito.

Sería perfecto, claro. Llevaba años entreteniendo a los clientes de Mackenzie, ¿pero por qué nunca le había contado a él sus planes? Si lo hubiera sabido, a lo mejor habría hecho algo. ¿Qué habría hecho? Probablemente no habría hecho nada en absoluto.

Alec se recostó en la silla y se maravilló por lo mucho que habían cambiado las cosas entre ellos en tan poco tiempo.

–Tú serías excelente en eso –dijo él con una sonrisa–. ¿Necesitas un arquitecto?

–Lo necesitaré, supongo. Algún día. Pero es más o menos el escalón 175. Yo ahora estoy en el primer escalón.

–¿Y qué escalón es graduarse en la universidad?

–De acuerdo –dijo ella–. Entonces estoy en el segundo escalón.

–¿Y negociar para llegar a ser la codirectora de un proyecto que implica restaurar un par de hotelitos en Santa Margarita?

–Touché –dijo ella–. Tercer escalón.

–Entonces, ¿qué es lo próximo? –preguntó él.

–¿Realmente quieres saberlo?

–Claro –dijo él mientras le rellenaba la copa de vino.

La cena pasó rápidamente. Daisy, más animada de lo que él la había visto hasta entonces, le contó sus sueños y compartió sus ideas y le describió algunos nuevos conceptos para su hotelito que llevaba imaginando desde niña.

Para cuando salieron del restaurante, Alec sentía que conocía mejor a Daisy que a cualquier persona.

El aire frío del mar circulaba a su alrededor haciendo que la falda de Daisy ondeara juguetonamente entre sus piernas.

–¿Me acompañas a casa? –preguntó ella.

Y, aunque el carro del golf estaba aparcado al lado, Alec tomó las bolsas que ella llevaba en la mano y la dejó pasar.

–Tú delante. Los dos caminaron uno junto al otro. La música del puerto inundaba sus oídos, los adolescentes reían mientras corrían por la playa, pero para Alec lo único que importaba era que el hombro de Daisy no dejaba de rozar contra el suyo y el modo en que deseaba tomarla en sus brazos.

Estaba intentando desterrar esa imagen de su cabeza cuando su hotel apareció a lo lejos. Nunca había permitido que ninguna mujer tuviera ningún poder sobre él, y no iba empezar en ese momento.

Cuando llegaron a la habitación, Daisy abrió la puerta y entró. Alec estaba a punto de cerrarla cuando la oyó exclamar:

–Oh, Alec. Son preciosas. ¿De dónde las…?

–¿De qué hablas? –preguntó él cuando llegó a su lado.

–De esto –dijo ella mientras se quitaba de en medio para revelar un ramo de rosas rojas que había sobre la mesa central.

Alec escuchó alarmas en su cabeza al ver cómo Daisy buscaba la tarjeta entre las flores. ¿Serían de Tom el corpulento? Se preguntaba mientras ella abría la tarjeta.

Daisy se mordió el labio mientras leía la nota. Luego miró brevemente a Alec.

–¿Y bien? –preguntó él.

–¿Y bien qué? –preguntó ella volviendo a meter la tarjeta en el sobre.

–¿De quién son?

–Son de Troy –dijo ella.

¿Troy? ¿Por qué le mandaba flores ese tipo? Se preguntaba Alec. No era lo suficientemente bueno para ella.

–¿Qué quiere?

–No quiere nada –dijo ella, y se dio la vuelta justo para encontrarse de frente con Alec, que se había acercado por detrás–. Es sólo que teníamos una cita para mañana por la mañana y me envía flores para recordármelo.

–¿Una cita? –preguntó él, dándose cuenta de que había albergado la esperanza de que él y Daisy estuvieran demasiado cansados tras una noche de sexo salvaje como para hacer nada por la mañana–. ¿Para hacer qué?

–Ya estás siendo entrometido otra vez –dijo ella–. O sobreprotector. En cualquier caso, no quiero oír nada más.

–Como amigo tuyo, he de decir…

–No.

–Pero…

Ella se tapó los oídos con las manos.

–No te escucho.

–Bien –dijo él quitándole las manos de las orejas–. Bien –repitió mientras le colocaba las manos sobre su pecho–. Pero por si acaso resulta ser un asesino en serie, dime dónde vais a ir para poder decirle a la policía dónde puede empezar a buscar tu cuerpo descuartizado.

–Eres increíble –dijo ella acercándose ligeramente.

Dios, cuanto más se acercaba, más atractiva le parecía.

–Tú también –susurró él, y le apartó un rizo de la cara.

Daisy separó los labios, pero él no esperó a oír lo que tuviera que decir. Las palabras no los llevarían a ningún sitio. Así que la juntó más a él, inclinó la cabeza e hizo lo que llevaba deseando hacer todo el maldito día.

Alec Mackenzie la estaba besando, pensó Daisy. Intentó liberar sus manos de donde las tenía para acercarlo más a ella, pero él la detuvo con un «Shhh». Luego retornó a su labor.

Aquello era un error, pensó ella, un error colosal. Y luego emitió un pequeño gemido al sentir cómo la lengua de Alec se introducía en su boca.

Un minuto más. Disfrutaría de aquel sumo placer durante un minuto más y luego podría apartarse sin más, sin desear poder estar en sus brazos toda la noche. Ni la noche siguiente, ni las demás.

–Golf –dijo ella contra sus labios.

–¿Golf?

–Voy a jugar al golf por la mañana –dijo ella, obligándose a retroceder–. Hemos quedado muy pronto, así que será mejor que me vaya a dormir.

–Ya entiendo –dijo él. Pero ella sabía por el tono de su voz que no lo entendía en absoluto.

No importaba. No tenía ni idea de lo que se proponía hacer, pero no iba a picar el anzuelo. Le dio las buenas noches, recogió sus bolsas y se dirigió a su habitación como la cobarde que era. Lo único que podía conseguir si hubiera continuado por ese camino era más dolor de corazón.

Y ya había tenido suficiente de eso en su vida. Al menos, pensó mientras cerraba la puerta de su habitación, eso era lo que esperaba.

Capítulo Siete

Daisy colocó la bola en el punto de salida en el campo de golf, se situó frente a ella e hizo lo que había hecho millones de veces en su vida, golpeó con el palo en un arco perfecto y vio cómo la bola volaba sobre las marcas que indicaban las yardas hasta que tocó el suelo y se quedó parada junto a la marca de doscientas yardas.

No estaba mal, pensó mientras colocaba el palo en la bolsa. Menos mal que había tomado prestados los palos, porque había recibido un mensaje de Troy diciendo que no podría reunirse con ella como habían acordado, porque le había salido un vuelo de última hora y no volvería hasta por la tarde. Antes de marcharse, el hombre que le había dado el mensaje le aseguró varias veces que aún seguía teniendo la reserva del campo, así que, como tenía que relajarse por lo que había pasado la noche anterior, Daisy decidió quedarse y jugar sola.

Daisy sonrió, se echó la bolsa a la espalda y se dirigió hacia donde tenía aparcado su carrito de golf. En cierto modo era un alivio que Troy no hubiese aparecido. Tras haber aceptado la cita la otra noche, Daisy había imaginado que sería algo positivo para seguir adelante con su vida. Pero tras estar en brazos de Alec otra vez la noche pasada, sabía que ni aunque se citara con todos los hombres de Norteamérica, podría olvidarlo.

La respuesta probablemente sería el tiempo. Y

algo de distancia también ayudaría, pero no parecía que fuese a tener nada de eso en un futuro cercano. Lo mejor que podía esperar era terminar su trabajo con suficiente cordura, pensó mientras dejaba la bolsa de los palos en la tienda del campo.

–¿Necesita un caddy hoy, *madame*?

Daisy se dio la vuelta preparada para declinar la oferta, pero se quedó estupefacta al comprobar que era Alec el que había hablado.

–Hey, Daze –dijo él.

–¿Qué estás haciendo aquí, Alec? –preguntó ella.

–He estado pensando –dijo él mientras se adelantaba para abrirle la puerta de la tienda–, que realmente no estoy cumpliendo mi parte del trato por el cual tú estás aquí. Ya sabes, lo del chico de los recados. Así que pensé que una manera de arreglar eso sería siendo tu caddy por hoy.

Durante un instante Daisy se quedó sin palabras. Habían hecho ese trato aquel día en su cocina, ¿pero por qué se empeñaba en cumplirlo justo cuando más lejos necesitaba estar de él?

Ella entró en la tienda y se dirigió al mostrador.

–No necesito un caddy, Alec. De hecho voy a recoger la llave para un carrito, así que, como puedes ver…

–¿Dónde está el chico volador? –preguntó Alec.

–Bueno –dijo ella–. Él… no ha podido venir. Algo de negocios, creo.

–Entonces lo que necesitas –dijo él mientras la colocaba contra el mostrador colocándose tras ella–, es un nuevo compañero de golf.

«Lo que necesito», pensó ella, «es ser independiente». Se sentía tan frustrada y enfadada que no sabía qué decir, así que respiró profundamente e intentó analizar la situación.

¿Era ése el mismo hombre al que hacía unos días parecía no importarle en absoluto que ella dejara el trabajo y luego había ido corriendo a rogarle? ¿Era el mismo hombre que la había rechazado al besarlo y luego al día siguiente la había besado a ella? Claro que era el mismo, y allí estaba, invadiendo su espacio vital y pretendiendo que se derritiera hasta la médula simplemente con la mera presión de su cuerpo.

–¿Qué dices? –le susurró Alec al oído.

–No, gracias –contestó ella mientras señalaba hacia el dependiente–. No me importa estar un tiempo sola. El golf es como la meditación para mí.

–En ese caso, estaré tan callado como un monje rezando.

–No, de verdad –comenzó a decir ella, pero él habló antes.

–Claro –dijo Alec mientras tomaba la llave del carrito de la mano del dependiente–, esa vez que jugamos tú y yo en Riviera estuvo muy reñida. Supongo que tienes miedo de que te dé una paliza.

Ella se apartó y retrocedió un par de pasos.

–Eso no ocurriría, Alec. No quiero ser mala, pero soy mejor que tú.

–¿Quieres apostar? –preguntó él.

–Alec, te daré una paliza.

–Si estás tan segura, Buda, haz una apuesta por algo que realmente desees.

Una mujer descarada habría apostado una noche de pasión con él, o una semana en una isla desierta con él como su juguete personal.

Daisy, sin embargo, no era una mujer descarada, era una gallina.

–¿Qué quieres apostar? –preguntó ella.

–¿Qué te parece esto? Si yo gano, tú te quedas

en la empresa cuando haya terminado el trabajo. Si ganas tú, yo invierto en tu sueño.

Alec nunca ganaría, así que Daisy no le dio mucha importancia a la posibilidad de seguir trabajando con él.

–¿De cuánto sería la inversión?

–Del cien por cien.

–No puedo dejar que hagas eso –dijo ella.

–No tendré que hacerlo –dijo él–. Voy a ganar.

«Está bien, pequeño arrogante», pensó ella mientras tendía la mano para sellar el trato.

–Bien –dijo Daisy, pero cuando él le tomó la mano, se la llevó a los labios y le dio un beso en la palma. Oh, Dios, pensó ella mientras apartaba la mano. No estaba bien, en absoluto. Para empezar su cuerpo estaba ardiendo, su corazón iba a mil por hora, y tenía la cabeza hecha un desastre.

Daisy vio cómo Alec examinaba un juego de palos. Si iba a ganar, e iba a ganar, sería mejor que se calmase, pero como no sabía nada sobre el Zen, ni sobre la meditación ni sobre Buda, decidió que simplemente lo ignoraría.

Para empezar, abandonó la tienda mientras él todavía estaba pagando sus palos, recogió su bolsa del lugar donde la había dejado y se dirigió hacia el carro, pero mientras se preguntaba cómo hacer de la ignorancia una disciplina de la meditación, sintió que él caminaba tras ella, un diablo con pantalones caquis.

–¿Te importa si conduzco? –preguntó Alec.

–¿Vas a conducirlo como si fuera tu Ferrari?

–¿Estás asustada?

–Aterrorizada –dijo ella sarcásticamente, aunque en cierto modo lo estaba.

–Bien –dijo él, se subió al carro y encendió el motor eléctrico. Pisó el pedal y el carrito comenzó a andar de golpe, lo cual hizo que Daisy se agarrara instintivamente al salpicadero.

–Puedes agarrarte a mí si lo necesitas –dijo él con una carcajada.

–No, gracias –dijo ella.

Cuando llegaron al primer hoyo, Alec salió del carro y alcanzó sus palos.

–Los hoyos a la izquierda están a unas doscientas yardas, así que puede que quieras...

–Dámela –dijo ella indicando la bolsa.

–Cuidado con lo que deseas –contestó él con voz aterciopelada.

Ella le dirigió una mirada fría y luego se dirigió a quitarle la bolsa del hombro, momento en el cual sus dedos se tocaron. Daisy enseguida le quitó la bolsa y se apartó a un lugar más seguro.

Para cuando llegó al punto de salida, estaba dispuesta a concederle la victoria con tal de alejarse de él, pero eso significaría perder la apuesta y tener que seguir trabajando con él durante quién sabe cuánto tiempo.

–¿Qué piensas? –preguntó él.

–¿Qué ha sido del monje que rezaba? –preguntó ella.

–Eso se acabó en el momento en que hicimos la apuesta.

Daisy colocó la bola en el suelo y luego dijo:

–Mira y aprende –y sacó uno de los palos de la bolsa–. Mira y aprende.

–Oh, eso espero –dijo él.

–¿Tienes algún problema?

–No, claro que no. Es el mejor día de mi vida –dijo él mientras dejaba su bolsa en el suelo y se sacaba el guante del bolsillo–. Adelante.

Daisy se preparó y maldijo aquel inusual temblor en sus manos. Luego apretó los dientes, imploró a los dioses del golf para que la ayudaran y se preparó para hacer el primer swing en lo que, sabía, iban a ser los dieciocho hoyos más largos de su vida.

Alec no podía dejar de mirarla mientras se concentraba. Por encima de sus tobillos, sus piernas bronceadas parecían una larga prolongación hacia abajo del paraíso que suponía su perfecto y tentador...

Ping.

El sonido lo sacó de su ensoñación y vio cómo la bola volaba a lo lejos hasta caer cerca de las doscientas yardas.

–Es culpa tuya –dijo ella, y lo señaló con el palo como si fuera una espada.

–¿De qué hablas? Ha sido un tiro genial.

–Habría sido mejor si alguien no hubiera intentado distraerme adrede.

–¿Yo? –preguntó él llevándose una mano al pecho–. Si yo soy el colmo de la paz y la tranquilidad aquí.

Ella pareció que iba a explotar y entonces él lo tuvo claro. Le encantaba provocarla. Aquello fue seguido por otro pensamiento más lascivo, así que se apartó de ella y se preparó para su propio tiro.

Había estado flirteando con ella, pensó Alec mientras observaba su objetivo, y aquello no era bueno. De hecho era una idea que lo conduciría a más noches sin dormir. Pero la verdad era que se lo estaba pasando bien, lo cual no ocurría con regularidad, así que iba a jugar, ganar la apuesta, mantener a Daisy en su nómina y ver lo que pasaba.

No es que no hubiera intentado apartar a Daisy de su mente la noche anterior, pero no lo había conseguido. Por eso aquella mañana, tras hacer algunas llamadas y asegurarse de que Troy no podría jugar al golf, ahí estaba él, disfrutando y dispuesto a ganar la apuesta que le devolvería a Daisy al lugar donde pertenecía, junto a él, cinco días a la semana, como solía ser.

No importaba lo atraído que se sintiera hacia ella, no estaba dispuesto a sacrificar su... lo que fuera que fuese aquello, por una semana o dos en el paraíso. Pero tras una segunda noche de insomnio, también sabía que no estaba dispuesto a dejar que se marchara de su vida por completo.

–¿Vamos a jugar al golf hoy, Mackenzie? –preguntó ella.

Él sonrió mientras colocaba la bola en su lugar. Luego hizo un swing bastante bueno y vio cómo la bola volaba a lo lejos, pero frunció el ceño al ver que se desviaba ligeramente hacia la izquierda pero quedaba un poco más cerca que la de Daisy.

«Muy bien, deja de pensar en ella y juega, idiota», pensó para sus adentros. Era buena, posiblemente mejor que él, pero se ponía nerviosa con demasiada facilidad. Y estaba dispuesto a explotar eso al máximo.

Cuando se reunió con Daisy en el carrito, vio que ella estaba sonriendo de oreja a oreja.

–Me parece que estás adelantándote un poco –dijo él.

–Simplemente estoy fantaseando con el hotelito que pronto voy a tener –dijo ella mientras se recostaba y cruzaba los brazos.

–No cantes victoria tan pronto, cariño –dijo él–. Aún nos quedan diecisiete hoyos y medio.

Algún día, cuando tuviera suficiente perspectiva como para mirar atrás y reírse de aquello, Alec recordaría que no había comenzado a sudar realmente hasta llegar al noveno hoyo.

Estaban en el bar, reponiendo fuerzas antes de enfrentarse a los nueve hoyos restantes y Daisy regresaba a la mesa con algo de fruta y una botella de agua. Sus caderas se contoneaban inconscientemente, con su dulce sonrisa y un brillo de satisfacción en los ojos.

Entonces se dio cuenta de que estaba en serios problemas. No sólo porque estuviera perdiendo, sino porque al verla darle un mordisco a su manzana deseó lanzarse sobre ella y llevársela al hotel durante al menos una semana.

–No hay tiempo –dijo él mirando al cielo–. Esas nubes no tienen buena pinta. Será mejor que nos demos prisa.

Así que comenzaron de nuevo, pero después de que Daisy pusiera su bola en el green número once con un solo golpe, lo miró con las mejillas coloradas y a Alec le dio un vuelco el corazón. Se dio cuenta de que algo iba mal. Y lo que iba mal era que deseaba tanto a aquella mujer que estaba dispuesto a romper sus propias reglas.

Comenzó a buscar la bola que se había perdido en el rough en su último golpe y mientras tanto pensaba: «Esto no va a ocurrir», una y otra vez. Porque aunque deseara a Daisy, no era de la manera en que Daisy quería que la desearan. Al menos estaba seguro de que eso era cierto.

Las nubes grises que amenazaban sobre sus cabezas habían hecho que bajaran las temperaturas considerablemente desde que habían comenzado el juego, pero eso no consiguió que Alec dejase de arder por dentro. Saber que la deseaba tanto como para cambiar sus reglas no significaba nada, porque seguía sin tener nada que ofrecerle. Lo único que tenía era una mala reputación, una atención a corto plazo y una inmensa necesidad de verla desnuda.

Pronto.

Alec estaba buscando detrás de la planta de yuca cuando Daisy gritó desde lejos:

–¿Necesitas ayuda? Puedo encontrar a un indio scout para que te ayude si quieres.

Alec murmuró una respuesta grosera que deseó que no hubiera oído ella, pero cuando, segundos después, apareció a su lado, supo que no había sido así.

–Lo siento –dijo él.

–Tranquilo. Tengo tres hermanos, ¿recuerdas? He oído de todo –dijo ella, entonces comenzó a buscar la bola entre el follaje–. Veo que tienes un problema.

–Nada que no pueda solucionar –dijo él mientras la veía rodear un eucalipto. Su corazón volvió a dar un brinco.

Alec volvió a mirar al cielo y vio que las intenciones de las nubes se habían convertido en oscuras capas grises. Y aunque no creía mucho, creía lo suficiente como para preguntarle a quién fuera que hubiese ahí arriba, qué había hecho él para merecer aquello. Entonces, como si Dios le hubiera escuchado, le cayó una gota en el ojo.

Bueno, era una respuesta, pensó él, y volvió a mirar hacia abajo, y vio su bola oculta bajo una salvia.

La lluvia comenzó a caer cada vez con más fuerza mientras él se preguntaba cómo diablos iba a conseguir colocar su bola de nuevo en el green de un solo golpe. Cuando se incorporó y se preparó, Daisy gritó desde atrás:

–¿Qué haces?

–Con suerte –dijo él sin levantar la cabeza–, meter la bola en el hoyo de un solo golpe.

–Está lloviendo –dijo ella.

–Sí –dijo él mientras golpeaba la bola con el palo. La bola se elevó y aterrizó gloriosamente en el borde del green.

La lluvia estaba empezando a caer de verdad cuando él alcanzó su bolsa y eligió otro palo. Su bola estaba más lejos que la de ella, así que golpeó con el putter y, un momento después, la bola entraba limpiamente en el hoyo.

–¿Contento? –dijo ella.

Alec miró por encima del hombro y la vio sentada en el asiento del copiloto del carrito.

–¿Qué haces? –preguntó él.

–Me voy –dijo ella, y al ver que Alec no contestaba añadió–. Alec, está lloviendo.

–Pero no hemos acabado. Tenemos una apuesta pendiente.

–Vamos a dejarlo en empate a causa de un acto divino –dijo ella señalando al cielo.

¿Un empate? Alec nunca había quedado empatado. Ganaba o perdía, aunque, para ser honestos, normalmente ganaba. En cualquier caso, tenían que terminar aquello. Se habían apostado sus respectivos futuros.

–No puedes hacer eso.

–Claro que puedo.

–Pero si vas ganando –dijo él mientras se echaba la bolsa al hombro y caminaba hacia el carrito.

–No me importa ganar.

–Claro que sí.

–No, de verdad que no. No me importa si gano.

–Pero, Daisy –dijo él sin tratar de disimular la impaciencia en su voz–. Ganar es lo que importa.

–No, Alec –dijo ella–. Ser feliz, pasarlo bien, disfrutar de la vida y de la gente. Eso es lo que importa.

En un instante, como una imagen salida de un sueño largamente olvidado, Alec vio la vida como podría ser: amor, felicidad, plenitud, paz, familia y alegría. Luego esa imagen desapareció y el dolor de su corazón se intensificó. Y aunque sabía que nunca sería capaz de expresar con palabras lo que había sucedido aquel día, sabía con certeza que su vida ya no volvería a ser la misma.

Cuando había hecho la apuesta, había estado seguro de ganar, y se había dicho a sí mismo que invertiría en su negocio aunque volviese a trabajar para él. Con ella trabajando para él y comenzando un nuevo negocio, evidentemente habría habido algo de logística que hacer, pero él habría estado dispuesto. Si dejaban aquello en un empate, estaba seguro de que nunca volvería a ver a Daisy después de aquel trabajo.

–Vamos a casa a calentarnos –dijo ella con una sonrisa mientras él cargaba los palos en el carrito.

–Tú ve sin mí –dijo él sintiéndose extrañamente vacío–. Mi carrito está en el aparcamiento. Nos veremos en el... en casa –ella se rió, pensando que estaba bromeando, pero se detuvo cuando añadió–. En serio, necesito el paseo.

Ella lo miró a través de la lluvia, y la expresión de su hermosa cara lo delató todo: curiosidad, preocupación y aquella dulzura de Daisy que la posicionaba como la perfecta chica de al lado.

–Lo dices en serio –dijo ella finalmente.

–Muy en serio –dijo él, y pensó: «y vete antes de que cambie de opinión, salte en ese arrito y te lleve a un lugar apartado donde pueda tenerte para mí solo mientras me lo permitas»–. Te veo en casa –dijo él.

La fría lluvia se clavaba como agujas en los brazos de Alec mientras veía cómo Daisy se alejaba conduciendo. Luego se levantó el cuello de la camisa y se dirigió deprisa hacia el club.

«Casa». Daisy lo había dicho primero, antes de que él le dijese que se marchara. «Vamos a casa», había dicho. La palabra lo había pillado por sorpresa y se había sentido como un hombre atrapado en un mundo que no le pertenecía. Era sólo una palabra, pero tan íntima que le provocaba escalofríos.

Caminó por el sendero. Sus zapatillas hacían ruido a cada paso que daban a causa de la lluvia. Y durante todo el camino sólo se preguntaba una cosa, ¿cómo sería compartir una casa con Daisy? Compartir una casa. Él, que no podía ni comprometerse a cuidar una planta de interior, por el amor de Dios.

Cuando uno camina bajo una tormenta por un campo de golf, los minutos pasan como si fueran horas. Por eso probablemente sentía que había estado caminando desde siempre cuando comenzó a oír un zumbido tras él, un zumbido que cada vez era más intenso. «Será un enjambre de abejas asesinas», pensó Alec amargamente. Pero cuando se dio cuenta de que el sonido era de un carrito de golf que se aproximaba, se metió las manos en los bolsillos, agachó la cabeza para resguardarse de la lluvia y continuó caminando.

Capítulo Ocho

Antes de que Daisy hubiera recorrido medio camino de vuelta al club, se dio cuenta de que la tormenta iba a ser más fuerte de lo que se había imaginado.

La lluvia se colaba en el carrito mientras circulaba por el sendero. Llevaba el jersey empapado, pero sabía que no sería nada comparado con lo mojado que debía de estar Alec en ese momento.

Algo se le removió por dentro al recordar el aspecto que tenía a través del espejo retrovisor mientras ella se alejaba. Tenía el pelo pegado a la cabeza, la camisa blanca empapada y pegada a sus músculos, y el ceño cada vez más fruncido.

Daisy sintió que debería haber insistido para que fuera con ella. Debería haber tenido la cabeza más fría. Pero cuando había empezado a llover y él había insistido tanto en seguir jugando, simplemente ella se había cansado de su actitud supercompetitiva para ganar a toda costa. Sabía que era típico de los hombres, pero aun así, un paseo bajo la lluvia helada le haría pensárselo dos veces antes de hacer apuestas imposibles.

Alec era la persona más competitiva que había conocido. Pensando en ello, sería probablemente eso lo que lo convertía en semejante playboy. Conquistas perecederas, una detrás de la otra. No había tenido relaciones duraderas, que ella supiera, y parecía gustarle que fuese así.

Por fortuna ella no había perdido la apuesta. Trabajar con él cada día siempre había sido duro, pero pensar en la posibilidad de trabajar permanentemente habría sido insoportable ahora que ya lo conocía mejor, e imposible ahora que ya sabía que estaba enamorada de él.

Estaba enamorada de Alec Mackenzie. Ya está, lo había dicho. Por supuesto, probablemente lo había estado desde el principio, pero se había sentido incapaz de admitirlo.

Disminuyó la velocidad del carrito y dio un giro. Aunque sabía que Alec nunca le devolvería ese sentimiento, sería muy egoísta por su parte si se quedaba allí mientras él pillaba una neumonía y se moría, así que completó el giro y volvió hacia atrás para buscarlo.

No le llevó mucho tiempo. Era el único hombre caminando solo y empapado en millas a la redonda.

Cuando ella se colocó a su lado y él giró la cabeza para mirarla, Daisy tuvo que contener la risa. La lluvia le chorreaba por el pelo, y una gota temblorosa le colgaba de la nariz. Tenía la ropa empapada y manchada de barro. Parecía un gran perro fiero que había sido abandonado bajo la lluvia por error.

–¿Listo para tragarte tu orgullo?

–Me conoces mucho como para saber que no –dijo él, y siguió caminando.

–Alec, no pienso dejarte aquí, bajo la lluvia. Conduciré a tu lado hasta que llegues al aparcamiento. Pareceremos ridículos, así que es mejor que subas.

Él la miró, se secó el agua de la cara y dijo:

–Gracias, pero ya casi hemos llegado.

–¿Sabes cuál es tu problema, Alec? –preguntó ella, sorprendida por el duro tono de su voz.

–No –dijo él con un suspiro–. Pero estoy seguro de que me lo vas a decir.

–Mantienes a todo el mundo a distancia.

–¿Y qué?

–¿Y qué? –preguntó Daisy exasperada–. Pues que pasas de una relación a otra tan rápido como puedes. Tu agenda está llena de gente que realmente no conoces. Pasas cada Navidad en Hawai con la chica del mes. Por el amor de Dios, Alec, llamas a tu madre por su nombre. ¿Es que no te importa nadie? ¿Es que te criaron los lobos o algo así?

–Ojalá –bromeó él, pero hubo algo en su tono que le hizo preguntarse a Daisy hasta qué punto habían calado sus palabras.

Nunca tuvo oportunidad de comprobarlo porque en ese momento él rodeó el carrito y se colocó a su lado, agarró el volante y ella no tuvo más remedio que apartarse al asiento del copiloto y dejar que él se subiera para conducir.

–En realidad –dijo Alec–. Puedo probar que me importa la gente.

–¿De qué hablas?

–Mientras que puede que sea verdad que mantengo a la gente a distancia, tú me importas lo suficiente como para asegurarme de que no te hicieran daño hoy.

–¿Hacerme daño quién? –preguntó ella mientras se daba cuenta de que él pasaba por delante de la tienda sin detenerse a devolver los palos ni el carrito.

–Troy, por supuesto.

¿Qué tenía que ver Troy con todo eso?

–¿De qué estás hablando? ¿Y dónde vas? –preguntó mientras pasaban el aparcamiento y se metían en una carretera que conducía a la ciudad.

–Troy es un perdedor, Daze –dijo Alec–. Sólo quiere una cosa de ti. Así que me aseguré de que estuviera ocupado para no poder quedar contigo hoy.

«Oh, Dios», pensó ella. No podía haber pagado a Troy para cancelar la cita. Ni él podía ser así de despiadado.

–¿Qué has hecho, Alec?

–Simplemente he conseguido que le ofrecieran un trabajo muy lucrativo esta mañana.

Era difícil enfadar a Daisy, sus hermanos eran expertos en eso, pero Alec lo había conseguido en nada de tiempo. Contó hasta diez y trató de respirar hondo como le había dicho su profesor de yoga por casete.

–No es lo suficientemente bueno para ti –continuó Alec.

Claro. Ya le había dicho en una ocasión que era responsable de ella, pero oírlo una segunda la enfadó igual que la primera. Si él hubiera sido capaz de verla como una mujer y no como alguien a quien hubiera que cuidar, quizá ellos habrían...

«Piensa en lo que tienes entre manos», se dijo a sí misma mientras él se detenía frente a una señal de stop.

–Como ya te he dicho antes –dijo ella–, tengo tres hermanos. No necesito ninguno más.

Él le dirigió una mirada que habría hecho que se le encogieran los dedos de los pies de no haber sido porque estaban congelados. Tenía los ojos entornados, la boca ligeramente curvada formando una leve sonrisa, el pelo empapado sobre la frente. Entonces se inclinó para delante y le susurró al oído con voz sensual:

–Créeme cuando te digo que ser fraternal es lo último que tenía en mente.

«No vayas por ahí», pensó ella mientras él giraba para entrar en su calle. Fueran cuales fueran las razones que había tenido para seguirla, no había que interpretarlas más allá de una manera de meter la nariz donde no le importaba a causa de su sentido del deber. Lo único que pasaba era que Alec estaba empapado, sucio y deseando una pelea. Y ella era la chica perfecta para eso.

–Alec –dijo–, eres tú el que se extiende como la mantequilla derretida, usando a las mujeres y tirándolas después como si fueran kleenex. Troy no es así, tú sí. Dado que tú consideras que el final satisfactorio a una relación es evitar las llamadas hasta que se rinden, encontrarás esto imposible de entender. Pero soy optimista y voy a decirlo de todos modos. Troy es mi amigo. Un amigo que puedo asegurarte no está interesado en mí del modo que tú crees.

–Las mujeres siempre dicen eso –dijo él con una carcajada–. No tienes ni idea de quién está interesado en ti.

«Pero tengo muy claro quién no está interesado», pensó ella mientras él apagaba el motor justo delante de su habitación. Su ira iba creciendo por momentos.

–Confía en mí –prosiguió Alec–, cuando te digo que Troy está interesado en ti. Pero tú no lo ves –entonces salió del carrito y corrió bajo la lluvia hasta la puerta delantera de la habitación.

Furiosa, ella lo siguió. Cuando llegaron al arco formado por la buganvilla que había en la entrada, le dijo a Alec:

–Creo que lo sabría.

–No, no lo sabrías.

–Sí lo sabría.

–No.

–Sí –repitió ella mientras metía la llave en la cerradura.

Estaba tan metida en la pelea, que estuvo a punto de saltar cuando Alec le colocó las manos sobre los hombros y la giró para que lo mirara. A la luz del porche, su mirada era feroz.

–¿Sabes por qué pienso que no te darías cuenta si alguien se sintiera atraído por ti, Daisy? –preguntó mientras le apretaba con fuerza los hombros–. Porque ni siquiera sabes que estoy a punto de besarte.

Lo último que Daisy pudo pensar antes de que pensar se convirtiera en una tarea imposible fue: «Tiene razón».

No lo vio venir, jamás habría imaginado que ocurriría, y sin embargo Alec la estaba acercando más a él y sus labios cubriendo los de ella con un beso hambriento que borró cualquier pensamiento racional de su cabeza con el primer roce de su lengua.

Aquello era lo que había estado esperando, lo que se había imaginado miles de veces al cerrar los ojos.

Años de deseo pasaron ante sus ojos mientras sus lenguas bailaban al unísono, mientras sus pechos se apretaban contra sus pectorales, mientras sus muslos tocaban los de él, y mientras su estómago rozaba contra su cintura, donde Daisy encontró la evidencia palpable de que realmente se sentía atraído por ella.

Él la apretó con más fuerza haciendo que se golpeara la espalda contra la puerta.

–¿Estás bien? –preguntó él mientras deslizaba su mano hacia el picaporte.

–Oh, sí –dijo ella mientras sentía la puerta abrirse tras ella–. Estás helado.

–Ya no –respondió él, y con un rápido movimiento la levantó y la metió dentro de la habitación, cerrando la puerta tras ellos de una patada. El brillo de la tormenta hacía que la habitación estuviera en penumbra, pero ninguno de los dos hizo ningún movimiento para encender las luces. En vez de eso, Daisy le rodeó el cuello con los brazos, colocó los labios sobre los de él y utilizó la lengua para acceder al lugar que, hasta hacía unos días, sólo había saboreado en sueños. Entonces se olvidó de sus sueños, porque él le estaba acariciando la lengua con la suya lentamente.

No fue hasta que no llegaron al pasillo que daba acceso a sus habitaciones que él se detuvo y se apartó de ella.

–¿En tu habitación o en la mía?

–Donde sea –dijo ella sin dudar–. Llévame donde quieras.

–¿Cualquier sitio?

–A elección del caballero.

–Oh, yo no soy un caballero, cariño –dijo, entonces su expresión cambió y añadió–. Aún puedes cambiar de opinión, Daze. No tenemos que...

–Shh –dijo ella, y le silenció los labios con los suyos.

–Buena respuesta –susurró él, luego se dirigió a su dormitorio con Daisy en brazos.

La dejó en el suelo lentamente, y mientras sus cuerpos se rozaban, le dirigió una mirada tan llena de posibilidades pecaminosas, que Daisy se sonrojó. El corazón le iba a mil por hora, y tan pronto como sus pies tocaron el suelo, estiró los brazos y colocó sus caderas más cerca de ella. Sintió los músculos de su espalda tensarse y una increíble excitación recorrió su cuerpo. Alec olía maravillosamente. Su olor era muy familiar, a hierba y lluvia y a algo que era único en él, una esencia masculina que ella sabía que no provenía de ningún frasco.

Sonrojada por el deseo y la necesidad, Daisy le agarró la camisa empapada y él le agarró el jersey, pero ella llegó antes y, tan pronto como se la hubo quitado, la dejó caer al suelo.

Era perfecto, pensó ella mientras estiraba las manos para tocarlo con dedos tentativos. Era una obra de arte esculpida y musculada. Sintió que el corazón le latía con fuerza mientras lo tocaba y luego siguió con la mirada la línea de pelo que bajaba por su estómago hasta perderse bajo la cintura del pantalón.

–Eres maravilloso, Alec –dijo ella, y dejó que sus dedos recorrieran la línea que su mirada había seguido momentos antes. Metió los dedos bajo sus pantalones y sintió una repentina sobrecarga de poder. Él suspiró y la apretó con más fuerza.

–Tú también –dijo Alec mientras deslizaba sus manos hacia arriba para dejar que sus pulgares juguetearan con los pechos deseosos de Daisy, haciendo que sus pezones se endurecieran casi al instante.

La excitación que le produjo con ese simple movimiento fue tan fuerte, que ella tuvo que morderse el labio inferior para no gritar. Incluso así, un leve gemido escapó a sus labios mientras él le quitaba el jersey. Daisy se quedó de pie, en sujetador, temblando con anticipación y deseo y rezando por recibir ayuda divina sobre qué paso dar después.

Por suerte no tuvo que hacer nada. Alec alcanzó el cierre del sujetador y lo desabrochó con un simple movimiento.

Mientras el sujetador caía al suelo, un súbito temblor recorrió su cuerpo de arriba abajo, aunque no sabía si era a causa del aire frío que sentía en los pechos o del calor en la mirada de Alec. Lo único que sabía era que pensaba que se moriría si no la tocaba pronto. Y entonces lo hizo, le colocó las manos sobre los pechos y los acarició, jugueteando inteligentemente con sus pezones.

Daisy echó la cabeza hacia atrás mientras el fuego inundaba su cuerpo y aterrizaba entre sus piernas. Cuando él intensificó su tarea, ella no pudo evitar emitir un gemido y hundió las uñas en su piel para acercarlo más a ella.

–Espera –dijo él mientras deslizaba las manos hacia arriba para enredarlas en su pelo.

–Pero si ya he esperado mucho –susurró ella.

No podía creer que lo hubiera dicho, pero ya estaba hecho. Ya sólo quedaba esperar a ver cómo reaccionaba él.

Él se apartó para mirarla y alzó las cejas, confuso. Entonces Daisy vio cómo sus ojos azules se oscurecían y cómo sus labios formaban una sonrisa.

–Valdrá la pena esperar –dijo él suavemente mientras alcanzaba la cintura de sus pantalones cortos–. Confía en mí.

Y lo hizo. La confianza, el amor y el deseo se mezclaron en el interior de Daisy y de pronto sintió que no podría soportarlo un minuto más. Se quitó los zapatos mientras sus manos se dirigían a sus pantalones caquis. Él le quitó los pantalones mientras se quitaba los calcetines ayudándose con los pies. Y entonces, tras un ajetreo momentáneo de botones y cremalleras, los dos se quedaron desnudos el uno frente al otro.

–Mi imaginación no te hacía justicia –dijo él.

–¿Te habías imaginado esto? ¿Me habías imaginado? –preguntó ella casi sin aliento sólo de pensarlo.

Él sonrió y la acercó a él. Ella se estremeció al sentir su piel desnuda contra la suya.

–Por supuesto. ¿Por qué crees que tengo estos círculos oscuros alrededor de los ojos?

–Buena respuesta –dijo ella sonriendo.

Él se rió y luego la besó con ferocidad mientras retrocedía hasta la cama y tumbaba a Daisy encima de él. Juntos rodaron hasta que ella estuvo debajo. Alec murmuró su nombre contra sus labios y comenzó a tocarla por todas partes.

A Daisy le zumbaba el cuerpo de placer mientras deslizaba sus dedos hambrientos desde los hombros de Alec, bajando por su espalda firme hasta acabar tocando sus nalgas perfectas. Todo era maravilloso, mucho mejor que sus fantasías, y aún no había llegado lo mejor.

–Alec –gimió ella–. Quiero... –añadió mientras colocaba una pierna alrededor de su muslo y sentía su erección palpitando contra ella–. Por favor.

Alec sabía perfectamente lo que ella quería. Lo sabía porque él también lo quería. Pero por razones que no podía comprender, deseaba oírselo decir a ella.

–Dímelo –murmuró él mientras sus manos circulaban libremente sobre su piel sedosa y su lengua jugaba con sus labios hinchados y temblorosos–. Dime lo que quieres –añadió mientras le agarraba las nalgas y la apretaba contra él. Había sido un tonto. ¿Cómo no se había dado cuenta de lo que tenía tan cerca de él?

–Quiero –comenzó a decir ella–. Quiero. Te necesito. Cada parte de ti.

Necesidad.

¿Cuánto tiempo hacía que una mujer no lo deseaba de aquel modo? ¿Cuándo el deseo de una mujer había sido tan fuerte que había podido sentirlo a su alrededor? La respuesta fue clara y evidente. Tras una serie de encuentros puntuales con mujeres hermosas pero sin alma, la respuesta era «nunca».

Sabía que aquello era peligroso, además de una locura. Pero ella lo volvía loco y sabía que nunca había deseado a una mujer como la deseaba a ella.

Al ver la mirada ansiosa de ella, supo que ya era oficial. La antigua y respetable Daisy Kincaid ya era historia. La hermosa mujer que yacía bajo su cuerpo con la luz de la inocencia y del pecado brillando a la vez en sus ojos era la nueva y mejorada Daisy: lista y sexy, una maravillosa tentación.

Daisy le agarró la cabeza para acercarla a ella y retomó el beso con una pasión que intensificó su deseo al instante. Ella gimió levemente cuando él abandonó sus labios para trazar un camino de besos desde su sien hasta su lóbulo y luego por su cuello. Ella suspiró mientras jugueteaba con los dedos entre su pelo y, con una urgencia que bordeaba la desesperación, Alec descendió más aún, usando sus labios para saborear sus hombros y sus manos para saborear sus pechos.

Respirando con dificultad, Daisy echó la cabeza sobre las almohadas y se agarró con las uñas a la espalda de Alec. Él saboreó con los labios uno de sus pechos antes de meterse el pezón en la boca y comenzar a chupar lentamente. Ella se retorció dulcemente bajo su boca, repitiendo su nombre, y Alec tuvo que luchar por recuperar el ritmo normal de su corazón.

Luego centró la atención en su otro pecho y, deliberadamente, se tomó su tiempo mientras deslizaba la mano lentamente por su estómago hasta tocar con los dedos su parte más húmeda. Al tocarla, Daisy arqueó las caderas y comenzó a emitir gritos apagados de impaciencia.

–Alec –susurró–, ahora.

–Pronto –contestó él, aunque su comedimiento se había extendido más de lo que jamás hubiera imaginado.

Ella gimoteó frustrada cuando él se quitó de encima para buscar los preservativos en la mesilla, pero un momento después sus ojos se ablandaron por la comprensión y el agradecimiento por lo que acababa de hacer. Entonces volvió a colocarse sobre ella, sintiendo cómo su suavidad se rendía ante él y cómo sus cuerpos encajaban a la perfección.

Ella susurró su nombre y le agarró la espalda con manos ansiosas mientras él la penetraba lentamente y sentía cómo ella se estiraba bajo su cuerpo. A Alec le supuso un gran esfuerzo ir despacio. Pero entonces Daisy colocó los labios contra su cuello y comenzó a mordisquear suavemente. Entonces estuvo perdido.

Le habría gustado hacer que durara, pero ya sabía que la había deseado durante demasiado tiempo. Su control se disipaba y el deseo de ambos colisionó en un increíble momento en el que él no pudo más y se abrió camino con una fuerte embestida.

Se quedó petrificado al notar la resistencia por su parte y al oír un pequeño grito. ¿Sería dolor? Trató de pensar, de aclarar su mente, pero ella había conseguido que fuese imposible.

Pensó que Daisy era virgen. ¿Cómo podía ser eso posible?

–¿Daisy? –preguntó él.

–Por favor, Alec –le rogó ella levantando las caderas una vez más. Una flecha de puro placer se clavó en el cuerpo de Alec al notar cómo ella apretaba los músculos para que se hundiera más dentro de ella–. No pares.

–Daisy…

Su cerebro estaba aturdido por el deseo, por el paraíso que suponía estar dentro de ella, pero sabía que debía hacerle ver algo. ¿Pero el qué?

–Por favor –repitió ella acercándole la cabeza para darle un beso que le abrasó el alma–. No quiero ser una solterona.

–¿Solterona? –repitió él–. Si sólo tienes veintiocho años.

–Pero llevo tiempo esperando esto –dijo mientras recorría su cuello con los labios, subiendo hasta la barbilla –. Esto. Contigo. Haz que se haga realidad.

Y entonces lo besó en la boca y se retorció una vez más para que él la penetrara con más profundidad, y él se arqueó. No importaba nada salvo el milagro de aquel sentimiento, la maravilla que ella le estaba haciendo en aquel momento. Así que Alec recibió la cálida marea de ansia y deseo que le pasó por encima mientras seguía el ritmo de sus movimientos cadenciosos, mientras la seguía hasta olvidarlo todo y vivir el momento, dentro de Daisy.

Cuando Daisy alcanzó los límites de su propia pasión, gritó con fuerza, sólo que esa vez su grito estaba lleno de alegría y placer. Sus piernas se agitaron mientras ella se convulsionaba debajo de él, y susurró su nombre mientras lo arrastraba con ella hasta que él también cayó al abismo entre sus brazos.

Capítulo Nueve

A Daisy le parecía que si se quedaba allí tumbada sin moverse, podría hacer que ese momento durase lo suficiente como para memorizar cada detalle de lo que sentía al ver su sueño hecho realidad.

El cuerpo de Alec tocándola por todas partes, el latido de su corazón bajo su mejilla sudorosa, la tensión que poco a poco iba desapareciendo de su cuerpo con cada respiración, la fragancia de sus cuerpos encadenados.

Cada sensación se quedaba impresa en su alma.

Deseaba aquello con tantas ganas que casi no podía creer que hubiese sucedido. Pero con los brazos de Alec rodeándola, era imposible negarlo. Daisy giró la cabeza, presionó los labios contra su hombro y sintió cómo él apretaba los brazos a su alrededor. Luego le dio un beso en el pelo y el gesto le pareció tan tierno que cerró los ojos para contener la emoción.

El corazón todavía le latía con fuerza cuando Alec se apartó lo suficiente para apoyarse sobre un codo y mirarla con aquellos demoledores ojos azules.

–Hola –dijo él.

Ella sonrió y le pasó la mano suavemente por la mejilla.

–Hola –susurró ella.

–¿Sabes? Podías haberme dicho que tú… –comenzó a decir él, pero se detuvo antes de terminar la frase.

–Si hubiera salido la conversación, seguro que te lo habría dicho.

–Mmm –dijo él mientras la miraba. Entonces, con una sonrisa pecaminosa añadió–. Tenemos que replantearnos el tipo de conversaciones que tenemos, ¿estás de acuerdo? –y comenzó a trazar círculos sobre su estómago con los dedos.

Daisy sintió un nudo en la garganta. «¿Por qué él?», pensó. ¿Por qué tenía que enamorarse de aquel hombre tan inalcanzable e imposible de poseer?

Si sólo supiera algo, cualquier cosa, sobre cómo hacer que un hombre se enamorara de ella.

–¿Estás enfadado? –preguntó ella.

Él negó con la cabeza y luego arqueó las cejas con preocupación.

–No te he hecho daño, ¿verdad?

–Dios, no –dijo ella con un suspiro–. Ha sido como lo había imaginado.

–¿Te habías imaginado esto? –preguntó él.

–En realidad, chico listo –dijo ella mientras le empujaba para que se recostase y se colocaba sobre él–, era más bien así.

Se sentó, se apartó el pelo de la cara y puso una pose que debería haberla hecho enrojecer, pero que sin embargo la hizo sentir como la mujer más perversa del mundo. La mirada provocadora de Alec descendió hasta sus pechos, y ella sintió la pasión en sus ojos al ver cómo se incorporaba y la envolvía entre sus brazos.

–¿Qué ocurre después? –preguntó él.

Una excitación renovada inundó cada fibra de su cuerpo, junto con una sensación de poder que nunca había experimentado. Daisy se enderezó lo justo para sentir la punta de su erección dentro de ella.

–Esto ocurre después –dijo ella suavemente, y la expresión de Alec pasó de ser perezosa a intensa mientras ella iba descendiendo cada vez más.

Alec le agarró las caderas para guiarla.

–Amo el modo en que funciona tu mente –dijo él con un gemido.

«Y yo te amo a ti», pensó ella mordiéndose el labio para evitar decirlo en alto.

Entonces comenzaron a moverse, cuerpo contra cuerpo, alma contra alma, con un ritmo lento que los convirtió en uno solo. Juntos, con manos frenéticas y labios inquisitivos y palabras tiernas, escalaron más alto hasta un lugar tan exquisito que Daisy se estremeció al sentir lo milagroso que era.

Y entonces, cuando ambos llegaron a un clímax que derritió sus mentes, sus cuerpos y sus almas, la realidad de Daisy Kincaid finalmente eclipsó sus fantasías.

Alec había estado muy ocupado en los últimos meses y no había tenido tiempo de hacer todo el ejercicio que debería, y en ese momento se daba cuenta.

Sus hombros se arquearon, sintió un chasquido en el cuello, y la espalda le dolía en algún punto entre sus hombros, probablemente a causa de ese número acrobático que él y Daisy habían hecho como a las tres de la mañana cuando ella lo había despertado tocándole en una parte con la que no podría negarse.

Pero sus dolores y achaques no eran realmente

importantes. Lo único que importaba era que habían pasado una noche extraordinaria.

Él sonrió mientras le pasaba a Daisy un brazo por encima de la cintura para acercarla a él. Aspiró la esencia de su cuerpo y pensó: «podría acostumbrarme a esto», y entonces abrió los ojos sorprendido.

La cegadora luz del sol inundaba la habitación, los pájaros cantaban fuera, y Alec Mackenzie se había despertado con una mujer en sus brazos por primera vez en su vida.

Se había acostado con muchas mujeres. ¿Pero levantarse con ellas? Eso era demasiado íntimo. Alec siempre se había preocupado de no establecer vínculos estrechos con las mujeres con las que salía. Y allí estaba él, en la cama con Daisy como si fuera lo más natural del mundo.

Aquello no estaba bien, pensó mientras trataba de no salir corriendo. Lo próximo sería estar hablándole de su triste infancia y llorando en sus brazos como hacían los hombres en las historias románticas.

Daisy era peligrosa. No sabía qué había en ella, pero definitivamente interfería en su cerebro. Nunca antes una mujer había ocupado sus pensamientos de aquel modo, nunca una mujer había hecho que su cuerpo reaccionara sólo con pensar en ella.

–Sí, era peligrosa. Peligrosa para su salud mental., para su libertad y para sus reglas cuidadosamente elaboradas para jugar a aquel juego. Porque era la típica mujer que pensaba en el amor, el matrimonio y los hijos.

Y eso le hacía querer saltar de la cama y meterse en un helicóptero de vuelta a casa, porque de lo que estaba muy seguro era de que nunca iba a casarse. El mal trago por el que le habían hecho pasar sus padres ya había sido más que suficiente. Además, para Alec, las estadísticas hablaban por sí solas: uno de cada dos matrimonios acababa en fracaso.

Pero él y Daisy nunca llegarían tan lejos. Ella se daría cuenta de que él era un soltero terminal y que nunca iba a cambiar, y lo abandonaría. Él sabía que Daisy era capaz de eso, incluso ya lo había hecho al dejar el trabajo.

Daisy murmuró algo y se rió entre sueños, luego elevó su trasero hacia la zona peligrosa y la temperatura de Alec aumentó hasta unos niveles críticos. Lo que quería hacer era despertarla y continuar con lo que habían empezado por la noche. Ella era dulce y exuberante, y sumamente tentadora, pero se resistió, le dio un beso en el hombro y se apartó de ella.

Mientras se ponía unos vaqueros, se dio cuenta de que un rayo de sol que entraba por la ventana daba justo a la cama, y recordó que la tormenta de la otra noche había cesado. Y mientras salía de la habitación de puntillas pensó que lo único que tenía que hacer era enfrentarse a la tormenta que había dentro de él.

El gato de Daisy se unió a él en el pasillo y lo siguió hasta la cocina, luego maulló insistentemente mientras se restregaba contra los tobillos de Alec.

–¿Qué? –preguntó él como queriendo decir «vete de aquí, bola de pelo».

Pero el gato simplemente lo miró y parpadeó.

Alec abrió una lata de comida para el animal y el gato se lo agradeció dándole la espalda y atacando a su desayuno con gusto. ¿Por qué las mujeres adorarían tanto a sus gatos?, se preguntaba. Por otro lado los perros eran más como las personas. Los gatos siempre actuaban como si supieran un secreto o algo. Era muy molesto.

Alec abrió los armarios y miró su contenido mientras pensaba en Daisy. Pensaba en cómo sus cuerpos encajaban a la perfección, en lo mucho que ella había deseado que él fuera el primero. Y entonces pensó en cómo el saber todo aquello iba a hacer mucho más duro que aquello acabara.

Porque no importaba lo tentadora, sexy, dulce y lista que fuera. Aquello había de terminar. Siempre era así. Alec nunca pensaba en el futuro y sería mejor poner sus cartas sobre la mesa cuanto antes. Porque en esa ocasión tenía la sensación de que sí que tenía algo que perder.

Suspiró y se inclinó sobre la puerta del armario mientras el gato comía. Al menos podría prepararle el desayuno a Daisy. Y quizá, sólo quizá, si no le quemaba la tostada y lograba prepararle un café decente, ella no lo mataría después de decirle lo que iba a decirle.

Algo se estaba quemando.

Daisy se sentó en la cama, recordó que no era su propia cama al ver la ropa de Alec colgada en el armario, y estaba a punto de bajar las piernas al suelo para ir a investigar cuando lo oyó llegar por el pasillo.

Se puso la sábana sobre su cuerpo desnudo. Dios, nunca había tenido una mañana de después. ¿Se arrepentiría él de lo que habían hecho? ¿Y ella se arrepentía? No, desde luego que no. Así que, por instinto, se volvió a tumbar, hundió la cabeza en la almohada y se tapó con la sábana, rezando para que su corazón dejara de latir con tanta fuerza para poder fingir que dormía.

«Oh Dios mío, oh Dios mío», pensaba ella mientras le oía entrar en la habitación y golpearse contra el vestidor.

–Mierda –susurró él. Ella abrió un ojo y le vio con una bandeja en una mano y con la otra mano sujetándose el pie que acababa de golpearse. Desnudo de cintura para arriba tenía un aspecto salvaje. Entonces recordó la noche pasada, desde el primer beso hasta el clímax final a la luz de la luna.

Como si pudiera leer sus pensamientos, Alec la miró, y ella volvió a cerrar el ojo.

–Daze –dijo él, y se sentó a su lado–. Daisy, despierta.

Daisy volvió a abrir el ojo y lo vio allí sentado, con una bandeja que contenía dos tazas de café y un plato con tostadas quemadas.

–Buenos días –dijo Alec con una sonrisa.

–Buenos días.

–Aquí tienes. Lo único que sé cocinar.

Ella se sentó, agarrándose cuidadosamente la sábana bajo los brazos para cubrirse.

–Parece interesante –dijo ella mirando las tostadas negras.

Alec dejó la bandeja a un lado y le dio una taza de café.

–Creo que el café lo he hecho bien.

Ella dio un sorbo y milagrosamente consiguió no ahogarse. Y no sólo porque fuera el peor café de la historia, sino porque el hombre que no se había dado cuenta de que estaba enamorada de él desde hacía un año, sabía que ella tomaba el café solo y con dos azucarillos.

En ese momento, su amor se intensificó hasta tal punto que le entraron ganas de llorar.

–Delicioso –dijo ella con una sonrisa.

Alec entornó los ojos y probó el café.
–Mentirosa –dijo.
–Era lo que pensaba –dijo ella. Entonces él le quitó la taza, la dejó en la bandeja y su expresión se puso seria–. ¿Qué?
–Tengo una pregunta que hacerte –dijo él
A Daisy se le disparó la imaginación. La noche pasada había sido un error. No desvelar su estado de virginidad había sido una mala idea. Estaba despedida. Peor, Alec querría que se quedase incluso después de terminar aquel trabajo.
–Muy bien –dijo ella retorciéndose las manos.
–¿Qué ha ocurrido con tus gafas?
–¿Qué? ¿Por qué?
–Solías llevarlas todo el tiempo.
–Bueno –dijo ella–. Realmente sólo las necesito para leer.
–Me gustas más sin ellas –dijo él mientras le tocaba la mejilla con el pulgar.
–Gracias –dijo ella sintiéndose tímida de repente. Entonces se rió a carcajadas.
–¿Qué? –preguntó él sorprendido.
–Pensé que ibas a decirme que lo de anoche fue un error.
La expresión de su cara se endureció aún más.
–Oh –dijo ella–. Supongo que eso era lo próximo.
–No fue un error –dijo él–. Fue increíble. Pero ya me conoces, Daisy, sabes el tipo de hombre que soy. Eso no va a cambiar.
No podía estar muy segura porque aquello era totalmente nuevo para ella, pero sonaba como si estuviera intentando deshacerse de ella sin problemas. El miedo inundó lugares de su cuerpo que previamente habían estado llenos de felicidad.
–No recuerdo haberte pedido que cambies.

–No, no lo has hecho, pero…

–Y soy mayor, ¿recuerdas? Hago mis propias elecciones –dijo Daisy. Llevaba mucho tiempo esperando aquello. No iba a marcharse sin una pelea–. Además, sé exactamente quién eres.

Alec movió la mano y ella pensó que iba a tocarla de nuevo, pero entonces dejó caer el brazo sin más.

–Crees que es así, pero…

–Alec, despierta –añadió ella, se inclinó hacia él y le tomó la mano–. ¿Quién te conoce mejor que yo?

–Daze, tú quieres… maldita sea, tú mereces algo más de lo que yo tengo para darte.

Era cierto. Lo quería todo. Todo el paquete matrimonial. Pero la otra noche, en algún momento entre el acto de pasión número uno y el acto de pasión número nueve, Daisy había decidido que podía vivir con el hecho de que no podría obtener eso de él. Podía y lo haría.

Por supuesto siempre existía la posibilidad de que se enamorara de ella.

Ahí estaba, su optimismo de vuelta al sitio donde debía estar. Le rodeó el cuello con los brazos e inclinó la cabeza para susurrar:

–Sé lo que quiero –luego le mordisqueó el lóbulo y añadió–. Gracias por volver a contratarme, por quererme aquí a tu lado. No me habría perdido esto por nada del mundo.

Él se puso rígido entre sus brazos por un momento, así que Daisy le mordisqueó el lóbulo un poco más y dejó que sus labios viajaran por la zona tan sensible de su cuello que había descubierto la otra noche.

–Oh, Dios –gimió Alec, y después de eso sólo le llevó un momento colocarse encima de ella, y un segundo momento comenzar a besarla salvajemente hasta hacer que perdiera la cabeza. Apartó la sábana que los separaba y el tacto de su piel contra la piel perfecta de él la hizo suspirar contra sus labios, y se regocijó una vez más de que el destino hubiera visto apropiado que ese hombre fuera el primero.

Su mano fuerte y poderosa se deslizó sobre uno de sus pechos mientras utilizaba el pulgar para tocarle el pezón, que en seguida se le puso erecto. Luego lo sorbió con la boca, una y otra vez, y ella gimió como respuesta a aquel infinito placer que se extendía por todo su cuerpo hasta aterrizar entre sus piernas.

Le ardía la piel bajo su tacto mientras recorría su estómago con las manos hasta que la encontró, húmeda y preparada, e introdujo los dedos en su interior. Ella agarró las sábanas con fuerza y se arqueó para recibirlo, luego se mordió el labio al sentir su aliento caliente sobre su piel mientras usaba sus propios labios para seguir el mismo camino que acababa de tomar su mano.

«Oh, sí», pensó ella y poco después, mientras él hacía maravillas con su lengua y ella le agarraba el pelo con las manos, llegó a un intenso clímax que la dejó exhausta.

Él sonrió mientras se quitaba los pantalones, y la penetró mientras su cuerpo aún vibraba. Ella lo recibió agradecida y le encantó el hecho de que la completara de aquel modo tan maravilloso.

Entonces olvidó de pensar en absoluto mientras comenzaban a moverse como si fueran uno, y su cuerpo y corazón se abrieron mucho más a él. El placer de los dos se intensificó y finalmente, él también se rindió, gritando su nombre con una última embestida, llevándola con él a un lugar que ella sabía sólo volvería a ser capaz de encontrar en sus brazos.

Daisy arrancó del fax la oferta del proveedor de hormigón, la leyó rápidamente, escribió su aprobación y la metió de nuevo en la máquina. Mientras las hojas iban siendo tragadas, aprovechó para poner al día los costes, imprimir una copia y dejarla en el escritorio de Alec.

«Ocupados», ni siquiera se acercaba a la descripción de los últimos días, pensó mientras organizaba inconscientemente el abarrotado escritorio de Alec. El lunes por la mañana, después de que los dos salieran de la ducha, un constructor local que habían contratado había llamado a la puerta, el teléfono había comenzado a sonar, los paquetes habían comenzado a llegar y las reuniones habían comenzado a tener lugar.

El trabajo en Santa Margarita había comenzado oficialmente.

A Alec y a ella no les había llevado nada de tiempo instalarse en la rutina. Cuando se trataba de trabajo, formaban una máquina perfectamente engrasada. Ella pasaba casi todo el día en la oficina y él en los lugares de trabajo, así que eso los mantenía separados.

Por suerte habían acordado sacarle el mayor partido a sus noches juntos.

Esas noches habían sido las tres noches más apasionadas de su vida. Se sonrosaba al pensar en lo espabilada que se había vuelto en esas noches, en la cantidad de tiempo perdido que había recuperado en brazos de Alec.

El problema era que cada caricia, cada gemido, cada suspiro, hacía que se enamorara más y más de él. Y con esa certeza supo que, cuando llegara el momento, iba a pasarlo muy mal dejándolo marchar.

El teléfono sonó y la llevó de vuelta al jueves, sexto día de los noventa o así que pasaría en Santa Margarita, haciendo el amor con el hombre que iba a romperle el corazón.

–Mackenzie –dijo ella en el auricular.

–Kincaid –dijo Alec con voz sexy desde el otro lado.

–¿Estás de camino a casa?

–Tan rápido como este condenado carrito me lo permite. ¿Estás bien?

–Sí –aquello sonaba extremadamente doméstico, pensó ella, aunque no era nada. Por un segundo consideró la posibilidad de decirle que lo quería. Que, a pesar de lo que hubiera dicho, temía que llegara el día en que lo perdiera–. Ha sido un día muy ocupado.

Cobarde.

–Hey, aún no te lo he dicho. Estás haciendo un trabajo excepcional. No sé cómo me las apañaría sin ti.

–Gracias, Alec.

A ella le encantaba el trabajo. De hecho estar ocupada todo el día era lo mejor para no pensar en su negro futuro.

–Tengo una idea –dijo él–. Y aún soy el jefe, así que no puedes negarte.

Ella sonrió pensando en lo mucho que había cambiado su relación en los últimos días.

–¿Cuál es tu idea, jefe?

–Oh, me gusta eso –dijo él–. Servilismo. Mmm, eso me da otra idea.

–Quédate con la primera idea.

–Ah, ¿cuál era?

–Alec…

–Tómate una hora libre y vete al spa de Catalina Lane.

–Gracias, pero hay mucho que hacer y…

–¿He mencionado que soy el jefe?

–Sí, lo has mencionado.

–Entonces vamos. No hay reunión esta noche para cenar, así que compraré algo.

–No sé.

–Me está costando mucho ser así de amable –dijo él–. Así que la oferta expira en diez segundos. Nueve. Ocho. Siete. Seis…

–De acuerdo –dijo ella mientras alcanzaba su bolso.

–Y, Daisy.

–¿Sí?

–No te arregles demasiado. Me gustas tal y como estás.

Alec dio un sorbo a su cerveza y se recostó en el sofá. Algo iba mal. Lo sabía porque estaba empezando a hacer cosas que sólo hacían los tipos sensibles e idiotas de la nueva era.

Para empezar, se pasaba el día llamando a Daisy, fingiendo que quería hablar de trabajo, aunque sólo quería oír su voz. Aquella noche incluso la había llamado de camino a casa, como un marido. Luego se había ofrecido a comprar algo de cenar, lo cual no habría sido mucho de no haber sido porque había llamado al chef de Pitcairn y había encargado el menú especial. Luego había pasado la hora siguiente circulando por la ciudad preparándolo todo, hablando con el propietario de la tienda de vinos y contándoles mentiras a las chicas de la pastelería que ya habían cerrado.

Suspiró despertando al gato de Daisy, lo cual no le hizo sentir mejor. Tenía que admitirlo, deseaba a Daisy como nunca había deseado a nadie. No es que la deseara en términos de «para siempre», pero sí de manera que le hacían pensar que había perdido la cabeza.

Miró hacia el escritorio de Daisy sumamente ordenado y todas las cosas familiares que yacían encima. En ese momento el gato aprovechó para dirigirle una mirada de ésas que dicen «no te gusto, así que voy a hacerte la pelota hasta que empieces a estornudar», y se subió en el regazo de Alec.

–Ah, venga –dijo él apartando las manos del gato para que se marchara.

Pero no lo hizo. Simplemente se acurrucó y comenzó a ronronear.

Alec trató de hacerse el duro, pero cuando miró la cara del gato se rindió.

–Está bien. Pero no hagas de esto un hábito.

El gato parpadeó y ronroneó con más fuerza.

–Vaya vida que llevas, ¿eh? –dijo Alec mientras comenzaba a acariciarlo detrás de las orejas–. Comer, dormir, amar, fin. Quizá yo haga como tú, Barney, o como te llames. Quizá deje que me domestiquen durante un tiempo. Desde luego, es una tentación.

–Pensé que no te llevabas bien con los gatos.

–Daisy –dijo él asustado mientras se sentaba derecho–. ¿Cuánto tiempo llevas ahí?

–Lo suficiente para saber que no estabas poniendo atención cuando te dije que se llamaba Bam Bam.

–Sabía que era alguien de Los Picapiedra.

Daisy estaba en el marco de la puerta, con su silueta dibujada frente a la luz naranja del crepúsculo. Una suave brisa había entrado con ella, trayendo consigo el olor único de la isla, la arena y la pasión.

Dio un paso hacia adelante y cerró la puerta. Entonces Alec vio una parte de su estómago bajo su camiseta roja y sus largas piernas bronceadas bajo su minúscula falda vaquera, por no hablar de la sonrisa de niña mala que tenía en la cara.

–¿Qué hay de cenar, cariño? –preguntó ella bromeando mientras se acercaba a él contoneando sus caderas a cada paso.

Alec sintió el calor en sus venas. ¿Cómo iba a no pensar en cómo sería volver a casa cada noche con ella allí, habiéndoselo pasado mejor en los últimos cinco días que en los últimos cinco años?

–Sólo algunas cosas que he podido encontrar –dijo él mientras se ponía en pie–. Venga –añadió tomándole la mano. La guió a través de la puerta que daba al jardín, donde había puesto un mantel rojo sobre la mesa y la cubertería más elegante que había podido encontrar con tan poco tiempo.

Daisy no dijo nada. Simplemente se mordió el labio inferior. Cuando lo miró, sus ojos brillaban.

–¿Has preparado esto para mí?

–Para ti sólo lo mejor –dijo él mientras la ofrecía una silla. «No soy lo mejor para ti pero, Dios mío, parece que no puedo mantenerme alejado», pensó.

Ella extendió la servilleta sobre su regazo y murmuró:

–Qué dulce.

«Dulce», pensó él. Sólo los tipos sensibles de la nueva era eran dulces.

–No te preocupes –dijo él con un guiño mientras se sentaba frente a ella–. Compensaré la dulzura con algo pecaminoso más tarde, te lo prometo.

Y era un hombre de palabra. Tras comerse las ostras y la ensalada de judías francesa con vieiras y el filete de salmón con queso de cabra gratinado y las natillas de vainilla con azúcar caramelizada, se la llevó a la cama y le enseñó que, incluso lo tipos sensibles de la nueva era podían volverse perversos cuando deseaban algo tanto como él la deseaba a ella.

Capítulo Diez

–¿Hola?

Incluso con la puerta del baño de por medio, Daisy notaba el tono de enfado en la voz de Alec. Se miró al espejo y estuvo a punto de meterse el rímel en el ojo

–Casi estoy lista –dijo ella. Dios, aquellas cosas de mujeres llevaban su tiempo. Pelo, maquillaje, ropa, lencería y… esos zapatos, pensó mientras se agachaba para ajustarse uno de ellos. Era sumamente incómodo.

Echó algunos de sus cosméticos en su pequeño bolso y se puso unos pendientes de cristal. Luego se ajustó el vestido, se retocó las mejillas y puso una pose a lo Marilyn Monroe.

–Patético, Kincaid –se dijo ante el espejo–. Pareces una marimacho vestida de mujer.

–Daisy –dijo él–. Dime la verdad. ¿Vamos a algún sitio esta noche o…?

Daisy abrió la puerta del baño y trató de quedarse quieta mientras le dirigía una mirada de ansia tal que sintió que vibraba. Ella se entretuvo observando el aspecto de él de la misma forma. Estaba guapísimo con su esmoquin, como Cary Grant con un toque de Jimmy Stewart.

–Guau –exclamó él.

Ella sonrió y se alisó el vestido de satén.

–¿Te gusta?

–Oh, pequeña –dijo él tomándola en sus brazos–. Me encanta –añadió, y luego la besó de tal forma que no tuvo tiempo de tomar aliento. Finalmente acabó pensando que sería verdad que estaba guapa.

–¿Alec? –susurró ella contra sus labios–. ¿Vamos a algún sitio esta noche o…?

–No lo he decidido. ¿Qué tienes debajo de ese vestido?

–Braguitas de abuela de algodón blancas y un sujetador deportivo.

–Oh –gimió él–. Me encanta cuando te pones guarra.

Ella se rió y le golpeó en el brazo antes de liberarse de su abrazo–. Venga, llegamos tarde.

–Nadie se dará cuenta si no aparecemos.

–¿En una cena benéfica de mil dólares el cubierto?

–Muy bien –convino él con una sonrisa diabólica–. El hostelero se dará cuenta.

Ella lo agarró por los hombros, lo giró en dirección a la puerta y lo empujó.

–Vamos, vamos –dijo mientras él obedecía.

Con la luz del crepúsculo guiando su camino, caminaron de la mano hacia el local más grande de Paloma, el Cosmopolitan Ballroom, para asistir a una cena benéfica que organizaba Virginia para el Trust de Santa Margarita. Mientras caminaban se cruzaron con montones de personas que salían a disfrutar del sábado por la noche. Pero Alec y Daisy estaban tan ocupados hablando, riendo y a veces ocultándose en las sombras para besarse, mano, que casi no se dieron cuenta.

Tras una semana entera trabajando juntos durante el día y haciendo el amor durante la noche, Daisy podía decir honestamente que jamás había sido tan feliz. Todas las cosas que le habían faltado en su vida adulta eran suyas de pronto. Su relación con Alec era uno de los cambios más importantes, pero también estaban las nuevas responsabilidades en el trabajo. Lo único malo era que todo aquello iba a terminar antes de que ella estuviese preparada para ello.

El local apareció en seguida frente a ellos, una enorme estructura de mármol que albergaba entre otras cosas un cine, una bolera, un casino y un museo. Antes de dirigirse a la entrada principal, rodearon el edificio y Alec le contó lo que sabía de su historia, y por qué el edificio era conocido por todos los arquitectos.

Ella le sonrió, adorando su inteligencia y su pasión por el trabajo.

–Lo siento –dijo él–. Esto debe de resultarte tremendamente aburrido.

–Qué va, pero si estoy en mi ambiente –dijo ella, y él la besó y la llamó mentirosa en el más suave de los tonos antes de conducirla al interior.

Virginia y Joseph los saludaron amablemente y los condujeron a su mesa. El sonido de la orquesta inundaba el lugar con ricas melodías mientras los invitados esperaban a que comenzara la cena. Lentamente algunas parejas comenzaron a deambular sobre la pista.

–¿Qué te parece? –preguntó Alec mientras le extendía una mano a modo de invitación.

–¿Por qué no?

Él la tomó en sus brazos y la acercó tanto a él que podía sentir su respiración. El corazón le golpeaba fuertemente en el pecho, el pulso le iba cada vez más rápido. Daisy deseó tener algo de madera que poder tocar, porque sus fantasías se estaban cumpliendo demasiado bien.

Cuando anunciaron la cena regresaron a la

mesa. Amigos y asociados de los Baldwin habían rodeado su mesa, dejando sólo un asiento libre junto a Alec.

La cena pasó entre conversación y conversación, y vino, y comida exquisita, y cócteles.

A Daisy se le contraía el corazón cuando miraba a Alec. Le apretaba la mano, le sonreía y se iba enamorando de él cada vez más.

–¿Estás bien? –le preguntó Alec.

–Estoy genial –dijo ella.

–Llevo tiempo queriendo decirte algo –dijo él con una sonrisa, mientras ella fruncía el ceño–. Estás preciosa.

Y era cierto, pensó él mientras ella le devolvía la sonrisa. Era como una columna delgada y negra. Se preguntó qué llevaría realmente bajo aquel vestido tan sexy.

La miró a los ojos y luego su mirada se desvió hacia sus exuberantes labios rojos que no podía esperar a besar, y entonces se dio cuenta de que era hora de irse. Ella le devolvió la mirada y él experimentó un momento de absoluta anticipación que lo sacudió por dentro.

Fue en ese preciso instante cuando ella se inclinó y le susurró al oído:

–Vamos a casa.

Los dos se levantaron y agradecieron a sus anfitriones una velada tan encantadora, y trataron de no parecer demasiado ansiosos por marcharse. Virginia parecía desilusionada de verlos marchar y le pidió a Daisy hablar a solas, la cual se alejó con la mujer. Alec la miró con comprensión y volvió a sentarse.

Un minuto después, una mano le tocó en el hombro y él se giró con una sonrisa en la cara. Pero entonces su buen humor desapareció.

–Hola, Alec –dijo su madre.

Alec le dirigió una mirada acusadora a Joseph, que de pronto parecía estar absorto en los detalles del techo.

–Barbara –dijo Alec–. ¿Qué estás haciendo aquí?

–Bueno –dijo ella mientras se sentaba en el asiento que había vacío junto a él–. Podría decirte que es una maravillosa coincidencia.

–Pero no lo es.

–No, los Baldwin me dijeron que estarías aquí y les pedí que me invitaran.

–Qué amable de su parte.

–Sí –dijo ella–. Llevo intentando ponerme en contacto contigo mucho tiempo. Tengo que hablar contigo. ¿Podemos ir a algún sitio?

–No, he venido con alguien –dijo él buscando a Daisy con la mirada. Cuando la vio con Virginia, a lo lejos, estaba mirándolo con cara de preocupación.

–¿Es ésa Daisy? –preguntó Barbara.

–Sí –dijo él sin dejar de mirar a Daisy.

–Me encantaría conocerla. Parece que te hace muy feliz.

–Ya nos íbamos –dijo él–. Así que mejor en otra ocasión.

–Quiero disculparme, Alec –dijo su madre poniéndole una mano sobre el brazo para detenerlo.

¿Disculparse? ¿Su madre quería disculparse?

–¿Por qué?

–Por ser la peor madre del mundo –dijo ella–. Por dejarte con las niñeras mientras yo me iba a Europa, por enviarte a un internado, por no ir nunca a tus carreras ni a tus graduaciones y a tus entregas de premios. Por no estar nunca ahí cuando me necesitabas.

Barbara cerró los ojos por un momento. Cuando los abrió de nuevo parecía que iba a llorar, lo cual era imposible porque su madre nunca lloraba. Jamás.

–Aún recuerdo esa mirada en tus ojos cuando te dije que iba a perderme la celebración de tu séptimo cumpleaños. En mi cabeza aún recuerdo tu tristeza y tu esfuerzo por contener las lágrimas. Nunca me perdonaré por eso, Alec. Pero espero que algún día tú sí puedas.

Alec sintió rabia en su interior. Él era el único hijo producto de la farsa que había sido el matrimonio de sus padres. Una vez que se hubieron divorciado, él había tenido muy poco contacto con su desinteresado padre y había visto muchas veces la puerta cerrarse detrás de su adorada madre cuando se marchaba a fiestas y a viajes, y luego a su interminable trabajo en la casa de subastas. De mayor había decidido no tener relación con ellos. Hasta hacía unos años parecía que todo había funcionado para todos.

Aparentemente su madre de pronto había sufrido un ataque de conciencia. Unos treinta y cinco años tarde.

Él la miró a los ojos, los mismos ojos que veía cada mañana cuando se miraba al espejo. Y por un momento se preguntó cómo habría sido formar parte de una familia de verdad, con gente con la que poder contar. Había pensado en eso a menudo de niño, pero nunca de mayor, hasta hacía poco tiempo. Miró a Daisy de nuevo y luego a su madre.

–¿Qué ha ocurrido? –preguntó él–. ¿Por qué sacas todo esto ahora?

Ella miró hacia abajo y apretó su caro bolso por un momento.

–Vendí mi negocio hace unos meses. Ahora que

tengo más tiempo veo que he estado corriendo en círculos durante décadas. Veo que he tratado al trabajo como a mi familia y a mi familia como al trabajo. Mientras tanto, Alec, me temo que me he perdido una de las relaciones más maravillosas de la vida.

Él la miró fijamente.

–Bueno, gracias por la disculpa –dijo cuando pudo encontrar la voz–. Pero no estoy muy seguro de qué decir.

Ella le apretó el brazo con fuerza y él le miró la mano, aún fría y suave como la recordaba.

–No tienes que decir nada ahora. Pero quizá podamos cenar algún día de esta semana.

–No sé...

–Sé que estás ocupado –dijo ella–. Voy a quedarme un tiempo con los Baldwin. Podrás encontrarme allí.

Cuando Virginia y Daisy regresaron a la mesa minutos después, se hicieron las presentaciones pertinentes, se sirvieron los postres y se tomó el café. Más tarde, cuando todo el mundo se dirigió al casino, Alec y Daisy salieron discretamente.

–Virginia me ha dicho la razón de que tu madre esté aquí –dijo Daisy tan pronto como salieron a la calle–. ¿Estás bien?

–Claro –contestó él, aunque no estaba seguro de que fuese cierto. De hecho, la disculpa de su madre había desencadenado algo más inquietante, algo que le había hecho pensar que no le iba a resultar tan fácil apartarse de Daisy como había planeado–. Pero me temo que llega demasiado tarde.

Mientras caminaban le tomó la mano y entrelazó los dedos con los suyos.

–Oh –dijo ella. Fue la única palabra que pudo encontrar, una sílaba.

–Ya no necesito a mi madre –dijo él en voz ligeramente alta para ser escuchado por encima del bullicio del puerto–. Pero me alegra que se lo haya quitado de encima.

–¿Sabes qué, Alec? Es otra vez lo mismo de mantener a la gente a distancia.

–Oh, Dios –gimió él.

–Y comprendo por qué lo haces –dijo ella ignorando su queja–. De verdad. Pero se trata de tu madre.

–La verdad es que no ha hecho mucho el papel de madre. Pregúntale. Te lo dirá.

–La vida es muy corta, Alec, e imprevisible. Nunca sabes cuánto tiempo estarán a tu alrededor las personas que te quieren.

Se quedó callada después de eso, y él supo enseguida hacía dónde habían ido sus pensamientos. Ella había perdido a su madre hacía mucho, pero el dolor aún era audible en su voz.

–Muy bien, Daze. Aceptaré su invitación y cenaré con ella. Incluso puedes venir si te apetece. Para asegurarte de que me comporte.

–Oh, no –dijo ella–. Necesitas pasar tiempo a solas con ella para que llegue a conocer al hijo tan maravilloso que tiene.

–Te gusto, ¿verdad? –preguntó él acercándola a su cuerpo.

–Es cierto –dijo ella con un suspiro–. La verdad es que sí.

Caminaron de vuelta al hotel, riéndose a la luz de la luna y susurrándose al oído los planes perversos que tenían el uno para el otro para aquella noche cuando estuvieran solos. Pero cuando llegaron a la habitación y Alec tomó a Daisy entre sus brazos, la perversión era lo último que él tenía en mente.

Lo único en lo que pensaba mientras la besaba era que nunca había sido tan feliz en su vida.

–Alucinante –dijo él apartándose para verla.

Ella sonrió y asintió y él sintió cómo su corazón le daba un último vuelco antes de hincharse de deseo hacia ella.

Quería decirle algo que le hiciese comprender cómo se sentía, para compartir aquella fantástica sensación. Pero entonces ella hundió los dedos en su pelo, lo acercó a su cuerpo y lo besó con una intensidad que lo conmovió.

Él se dejó llevar y se derritió ante su calor antes de tomarla en brazos y dejarla suavemente sobre la cama. Se tumbó a su lado y preguntó:

–¿Hay algo que necesites?

–¿Algo? –preguntó ella con seriedad.

–No se me ocurre nada que no haría por ti, cariño –dijo él mientras se alejaba ligeramente para tener acceso completo a sus pechos, a su estómago y a la humedad de sus muslos.

Mientras su mano se deslizaba sobre cada curva de su cuerpo, podía sentir cómo Daisy temblaba, podía sentir la vibración entre ellos. Entonces ella gimió y le rogó más, y él se lo dio, a pesar de que su propia excitación pedía a gritos ser satisfecha.

Ella emitía gritos apagados mientras él la acariciaba, y se arqueaba ante el tacto de su mano, moviendo las caderas.

–Te deseo aquí mismo. No pares –dijo ella mientras él con sus dedos le acariciaba la entrepierna.

–No lo haré.

–Jamás –agregó ella.

–Jamás –convino él. Entonces Daisy se puso sobre él e hizo que la penetrara, y entonces fue su turno para rogarle que se quedara ahí, haciendo lo que estaba haciendo.

Él susurró lo mucho que la deseaba con palabras casi incomprensibles, y ella suspiró antes de inclinarse sobre él y besarlo, usando su lengua, haciendo que el mundo girase alrededor de ellos con el movimiento exquisito de su cuerpo sobre el de él.

La tensión creció más y más, acumulándose en sus músculos y en su mente, y en su corazón, hasta que cada fibra de su ser alcanzó la pura esencia de ella. Entonces, de pronto, ella se enderezó sobre él y él la miró a la cara, con los ojos cerrados, los labios separados y el ceño fruncido. ¿Qué era aquel sentimiento?, pensó mientras recorría con las manos su delicioso cuerpo hasta posarlas sobre sus caderas para convertir su ritmo en uno solo hasta que ella se contrajo sobre él y gritó su nombre con una mezcla de angustia, esperanza, éxtasis y amor.

Él suspiró, gritó su nombre y dio una última embestida llevándola hasta el límite de la locura, hasta el límite de su locura, a un lugar sagrado del que ambos podrían disfrutar mientras el destino se lo permitiese.

Daisy estaba fantaseando de nuevo.

Sabía que no era bueno para su salud mental, pero no podía evitarlo. En algún momento de la noche pasaba algo, todo, había cambiado entre Alec y ella. Y, contra su buen juicio, se encontraba pensando que quizá lo suyo con Alec podría funcionar, que los sentimientos de Alec por ella podrían estar aumentando hasta el punto en el que estaría dispuesto a romper esa distancia que mantenía con todo el mundo.

Pero eso era sólo una fantasía, se recordó a sí misma mientras se sentaba en la cama, se estiraba y bostezaba. Y sus fantasías nunca le habían hecho ningún favor en el pasado, así que luchó por volver a la realidad.

Miró el reloj y se dio cuenta de que Alec se había marchado a ver el lugar de trabajo hacía más de una hora. Y eso significaba que Daisy tenía sólo treinta minutos para vestirse y recibir a Nikki en el muelle.

Su recepcionista era una chica agradable. De hecho, había sido la primera voluntaria para llevar unos paquetes por barco que habían sido enviados a la oficina principal por error, lo cual les ahorraba los gastos por retraso y por tener que reenviarlos.

Daisy no quería llegar tarde, así que se duchó, se vistió y salió corriendo hacia el muelle. Llegó a tiempo de oír la bocina del ferry que llegaba. Nikki fue una de las primeras personas en bajar del barco y no parecía haberlo pasado muy bien en las dos horas de viaje. Al bajar al muelle, Daisy vio que Nikki tenía los nudillos blancos de agarrar con fuerza los paquetes, y su piel era una mezcla de amarillo y verde. Y parecía que se había pasado los dedos mil veces por su pelo pelirrojo.

–¿Estás bien? –preguntó Daisy. Aunque la respuesta era evidente al ver cómo Nikki respiraba entrecortadamente.

–Dios, no –dijo ella, y Daisy la condujo al hotel y la sentó en el jardín con una taza de té. Mientras Nikki se recuperaba, Daisy abría los paquetes y examinaba el contenido. Luego los colocó en la oficina antes de volver a ver cómo estaba su invitada.

–Gracias a Dios que ha pasado –dijo Nikki.

–Gracias por hacer el viaje –dijo Daisy–. Merece

la pena aunque sólo sea por las vistas, ¿verdad? –añadió mientras miraba hacia el puerto.

–Es precioso –dijo Nikki, luego entró a matar–. Y dime, ¿qué tal con el señor Mackenzie?

–¿Qué quieres decir exactamente?

Nikki se encogió de hombros con expresión inocente. Daisy la había visto hacer eso miles de veces. Era el brillo en sus ojos lo que la delataba.

–Sólo quería decir que los dos parecíais un poco enfadados cuando os marchasteis.

Daisy suspiró aliviada. Sólo Alec y ella sabían lo que había ocurrido desde entonces. Su secreto estaba a salvo de momento.

–Y supongo –continuó Nikki–, que todo el mundo se pregunta cómo te sentiste con eso de que el cliente le obligara a contratarte de nuevo.

La sonrisa de Daisy desapareció.

–Perdón –dijo ella–. ¿Qué has dicho?

–Ya sabes –dijo Nikki–. Joseph Baldwin llamó y tú te habías ido y le dijo al señor Mackenzie que, o te contrataba de nuevo, o no había contrato. Te aseguro que Mackenzie se resistió de lo lindo, pero seguro que ahora se alegra. He oído que el cliente está muy contento. Y este lugar es genial.

–Sí, lo es –dijo Daisy mecánicamente mientras intentaba poner en orden sus pensamientos, para comprender por qué de pronto se sentía helada.

–En cualquier caso –prosiguió Nikki ajena a la angustia de Daisy–, en la oficina se comenta que este trabajo es decisivo para la carrera profesional de Mackenzie, así que tiene suerte de que decidieras venir.

La devoción de Nikki por los cotilleos era de conocimiento general, así que probablemente la información que tenía fuese bastante fiable. Pero había algo que no encajaba.

–¿Sabes, Nikki? Creo que te equivocas esta vez. Todo el mundo sabe que a Alec no se le puede obligar a hacer nada. Y, en cualquier caso, los Baldwin ni siquiera sabían que yo venía a la isla.

–Lo que yo sé es que alguien dijo que habían estipulado en el contrato que tú estarías aquí, si no, no firmarían. Estaban muy decididos. Dijeron que encontrarían otra empresa que se ocupara del trabajo si Mackenzie no conseguía traerte de vuelta.

A Daisy le iba a explotar la cabeza, de modo que ni siquiera pudo apreciar el gesto de Joseph y Virginia por confiar tanto en ella y en su lealtad. Una lealtad que, al parecer, era más fuerte y resistente que la de Alec.

El corazón le dio un vuelco y Nikki debió de notarlo porque se inclinó hacia delante y le tocó la mano a Daisy.

–Imagino que debes de estar muy enamorada de él, ¿verdad, cariño?

Daisy no contestó de inmediato. Tenía la garganta demasiado seca para eso. Era evidente que todo el mundo en la compañía sabía de su caso de amor no correspondido hacia Alec. Pronto sabrían lo ciego que había sido ese amor. Y entonces su humillación sería completa.

«Ganar es lo que importa», había dicho Alec en el campo de golf. Ganar era lo que le importaba a Alec Mackenzie. Y vaya lo que había llegado a hacer con tal de ganar en esa ocasión.

El recuerdo de lo que había sentido cuando él le había tomado las manos y le había rogado que fuese allí a trabajar apareció en su cabeza. Entonces supo que, cuando había dicho que la necesitaba, ella había albergado la esperanza de que, algún día, esa necesidad se convirtiese en algo más parecido al amor. Pero él no había deseado que volviera al trabajo. Simplemente había mentido para conseguir lo que realmente quería: dinero, reconocimiento, poder. Fuera lo que fuera, la había mentido y ella se había tragado cada palabra.

La certeza de que todo lo que había ocurrido después entre ellos había sido una mentira comenzó a asentarse en ella como una niebla espesa. Qué tonta había sido. Una tonta sin esperanza y con el corazón roto.

Daisy se colocó las manos bajo ella para evitar que temblaran y puso una cara feliz para Nikki.

–Ah, eso –dijo ella–. Lo he superado. Ahora cuéntame todas las noticias de la oficina –añadió para evitar que Nikki le diese más detalles y se preparó para un largo monólogo por parte de la recepcionista.

Capítulo Once

Alec miró su reloj. Las dos y media. En ese momento la entrometida de Nikki ya estaría de vuelta en el ferry de camino a casa, así que cerró la caravana en el lugar de la construcción, subió a su carrito y se dirigió hacia el hotel.

Él y Daisy habían acordado que, debido al ojo clínico que Nikki tenía para los cotilleos, él debía mantenerse alejado aquella mañana. Seguro que la recepcionista sacaba algo jugoso que contar en la oficina si veía el ansia en sus ojos al mirar a Daisy, o si oía cómo la voz de Daisy se dulcificaba cada vez que hablaba con él. Así que, aunque le había molestado infinitamente tener que abandonar la cama aquella mañana, se había marchado pronto a uno de los lugares de trabajo para meterse en la caravana y trabajar en algunos bocetos hasta la hora de volver a casa.

Comprobó la hora una vez más mientras bajaba por la colina. Sabía que estaba conduciendo muy deprisa, porque los otros conductores, especialmente aquéllos a los que adelantaba, lo miraban con mala cara.

Alec no tenía problema en admitir que estaba conduciendo como un maniaco porque estaba ansioso por llegar a casa y pasar el resto del día con Daisy. Lo que le costaba más admitir era que ella le había llegado más hondo que cualquier otra persona. No sabía qué significaba eso, su corazón llevaba enterrado tanto tiempo que no sabía si podría resucitar incluso con alguien como Daisy. Lo que sí que sabía era que estaba dispuesto a sacar la pala y comenzar a cavar.

Y para Alec Mackenzie, eso eran palabras mayores.

Sonrió para sí mismo cuando por fin aparcó frente al hotel. Habían hablado de ir de excursión al interior de la isla o alquilar un barco aquella tarde. Claro que, según sucedían las cosas últimamente, pensó mientras abría la puerta principal, seguro que no saldrían de la habitación. Y eso a él le parecía bien.

Cuando entró en la suite, la atmósfera le pareció relativamente tranquila. Un escalofrío inexplicable recorrió su columna mientras caminaba hacia los dormitorios. En el último minuto, un ruido proveniente de la habitación de Daisy le hizo girar a la izquierda en vez de a la derecha para buscarla.

–¿Daze? –preguntó mientras se agachaba para acariciar a Bam Bam, que estaba junto a la puerta medio abierta de Daisy.

Se oyó un ruido fuerte proveniente del interior de la habitación, así que se acercó más y empujó la puerta con un dedo.

Y entonces la vio tirando las cosas en su maleta con tal rapidez que parecía que el lugar estuviese en llamas.

–¿Qué haces? –preguntó él.

–Las maletas –dijo ella sin mirarlo.

–Eso ya lo veo –dijo él–. ¿Dónde vas?

–A casa –contestó ella mientras sacaba una pila de camisetas de un cajón y las tiraba salvajemente en la bolsa.

–Debo de haberme perdido algo. ¿Por qué te vas a casa?

–Porque no puedo quedarme aquí por más tiempo.

Alec miró a su alrededor y vio la ropa interior fuera de un cajón, los jerséis tirados por otro lado. Una maleta ya estaba terminada, una tercera estaba vacía al pie de la cama. Se preguntó qué podría ir mal, pero no se le ocurrió nada.

–¿Daisy, qué ocurre?

–Sección siete, párrafo D –dijo ella, y le entregó unos papeles.

El contrato de Santa Margarita. Estaba abierto por la sección que había mencionado. El encabezamiento decía: «requisitos de personal de Restauraciones Arquitectónicas Mackenzie».

Mierda, lo sabía.

Al principio había sido una decisión de negocios no decirle las circunstancias que habían hecho que estuviera ella allí. Después de todo no podía permitirse que se negara. Más tarde, bueno, él sabía que debería habérselo dicho, pero no había encontrado el momento adecuado.

–Hey –dijo él dando un paso al frente–. Sé que debería habértelo dicho pero no quería que te disgustaras. Y mira, tenía razón. Lo siento. Siento no habértelo dicho.

Ella cerró la segunda maleta y comenzó a llenar la tercera.

–Demasiado tarde –dijo ella repitiendo las palabras que había dicho él previamente–. Me mentiste, Alec.

–No. Dije que quería que regresaras y era cierto.

–No, no era cierto. Querías ganar. Bueno, felicidades –dijo ella mientras echaba un par de playeras en la maleta–. Has ganado. Tienes lo que querías.

El dolor en sus ojos era tan intenso que sintió la necesidad de tomarla en sus brazos y reconfortarla. Pero entonces, con la misma rapidez, desechó la idea.

–No se trata de ganar o perder –dijo él–. Oh, venga, Daze. No te enfades. Tú volviste, yo conseguí el contrato. Somos un gran equipo. ¿No ha salido todo de la mejor manera?

–«Te necesito, Daisy» –dijo ella imitando lo que él había dicho en su momento–. «No puedo hacer esto sin ti» Eso son mentiras. Y han sido la base de todo lo que hemos hecho juntos desde entonces. Dios, así debe de ser como se sienten las chicas cuando pasas de ellas. Pobrecitas –murmuró mientras continuaba con su tarea–. Y pensar que he pasado tanto tiempo defendiéndote. Menos mal que me di cuenta antes de que me usaras y luego me rechazaras.

–Así que te vas –dijo él.

–Sí. Se lo explicaré a los Baldwin.

–Al infierno con los Baldwin –dijo él, y le dio la espalda para que no pudiera ver el dolor que sabía mostraba en sus ojos.

Claro que se iba. Por supuesto. Había estado loco al pensar que ella era diferente. ¿En qué había estado pensando para dejarse afectar de aquella manera?

Cuando la oyó cerrar la última maleta un momento más tarde, se giró para mirarla. Cuando habló trató de mantener el control sobre su voz, su expresión y su lenguaje corporal.

–Llamaré a contabilidad mañana y diré que te envíen un cheque.

Ella parpadeó en silencio mientras las lágrimas

que se habían acumulado en sus ojos comenzaban a resbalar por sus mejillas.

Entonces Alec se dio la vuelta y se marchó.

Como Alec no había tenido una relación estrecha con su madre, una de las cosas que no sabía de ella era que era sumamente persistente.

En los cuatro días desde que Daisy se había marchado, Barbara había llamado exactamente cuatro veces, pidiéndole que se reuniera a cenar con ella. El jueves por la noche finalmente accedió a la cita para el día siguiente.

Quedaban pocos días para el día más largo del año, así que el sol aún se veía en el horizonte cuando Alec se dirigía a The Galley en la calle Duncan para cenar con su madre.

No tenía prisa en llegar allí. Casi no tenía energía mientras caminaba.

Los últimos días en el trabajo habían sido un desastre sin Daisy, pero las noches habían sido peores. Dormir se había convertido en un recuerdo lejano, mientras pasaba las noches tumbado en la cama pensando en lo maravilloso que había sido tener a Daisy a su lado. Menos mal que aquellos días estaban llenos de todo el trabajo extra que ella había dejado con su marcha. Ése era el único momento en que sus pensamientos estaban en otra cosa.

Suspiró y se metió las manos en los bolsillos de la chaqueta. Era lo mejor. Lo sabía. Pero aun así no podía negar que la alegría se había ido de su vida.

Gracias a Daisy, el trabajo le resultaba aburrido, la idea de tener mujeres hermosas de una sola noche le parecía aburrida. Despertarse al lado de Daisy se había convertido en algo totalmente natural. La maldijo por meterse tanto en su vida, en su mente y en su corazón.

¿Pero qué se suponía que debía hacer? Ella había dejado claro que no quería tener nada que ver con él.

–Hola, Alec –dijo su madre saludando desde la fachada del restaurante–. ¡Hola!

–Hola, Barbara –dijo él mientras le abría la puerta y aceptaba sus dos besos al aire como saludo.

–¿Ha sido un largo paseo? –preguntó ella mientras les conducían a su mesa.

Como no habían hablado durante años, tenían muchas cosas que contarse, así que durante la cena no faltó conversación. Sin embargo, hacia el final de la velada, su madre pareció ir hablando cada vez menos. Después de que les sirvieran el café, ella estiró el brazo y le tocó la mano.

–Alec, llevo tiempo queriendo decirte algo –dijo ella mientras retiraba la mano–. Algo que debería haberte dicho hace mucho tiempo. Unos tres años antes de que tú nacieras, tu padre y yo tuvimos otro hijo.

–¿Me estás diciendo que...?

–No –dijo ella con un susurro–. Tu hermano murió tres días antes de cumplir seis meses.

A Alec se le secó la garganta. Era como si alguien le estuviera quitando el aire poco a poco.

–Tu padre quería tener otro hijo enseguida pero yo no podía –dijo ella. Levantó la cabeza y Alec vio que tenía los ojos llenos de lágrimas–. Tenía miedo. Nadie pudo decirnos por qué murió Christian, y yo estaba segura de que había hecho algo mal... Dios. Adoraba a aquel niño.

En ese momento, Alec comenzó a sufrir por ella.

–En cualquier caso –prosiguió ella mientras se

secaba las lágrimas con la mano–, por supuesto, luego me quedé embarazada. De ti. Fuiste un niño magnífico. Muy dulce y encantador. Pero algo me había ocurrido tras perder a Christian. Era como si yo también me hubiera muerto. Por dentro.

Se quedó callada por un momento y mientras él la miraba a los ojos que tanto se parecían a los suyos. Las peleas de sus padres, el sin fin de niñeras, el modo en que él había intentado llamar la atención de su madre, y cómo finalmente se había rendido.

–Esencialmente, la muerte de Christian acabó con mi matrimonio. Pero eso no fue lo peor. Lo peor fue lo que te hice a ti. Como sabía lo horrible que hubiera sido perderte, no quise arriesgarme a quererte –dijo, y le tomó la mano a su hijo–. Claro que al final no fue algo que pudiera controlar. Te quise de todas formas. ¿Cómo podía no hacerlo? Eras mi bebé.

Él sonrió y tuvo que hacer un esfuerzo por contener sus emociones.

–Lo sé –dijo.

–Lo siento, Alec. Me he perdido tantas cosas.

–No pasa nada –dijo él, sorprendido al darse cuenta de que lo decía en serio–. Me alegra que me lo hayas contado. Explica muchas cosas.

–Hay una cosa más.

–¿Hay más? –preguntó él, y su madre se rió.

–Quiero empezar otra vez, Alec. Afrontémoslo, he vivido más días de los que me quedan –dijo ella, y Alec debió de parecer muy alarmado porque en seguida añadió–. No, no. no pasa nada. Es sólo que no quiero perder más tiempo. Y algún día me darás nietos...

–No cuentes con ello –la interrumpió él.

Ella no se quejó. Simplemente removió su café y dijo:

–Eres un buen hombre, Alec. Has hecho un gran trabajo educándote a ti mismo.

–No todo el mundo estaría de acuerdo contigo, mamá, pero gracias.

Y tras terminar el café y hacer planes para reunirse la próxima semana, él regresó a casa por el centro de la ciudad y pensando en cómo ella había decidido no ser como una madre para evitar sufrir. Pensaba en cómo había huido y se había refugiado en su trabajo. Y luego pensó en lo malo que había resultado eso para todos.

Pero no fue hasta más tarde, mucho más tarde, cuando la luz del amanecer comenzaba a filtrarse por las persianas y él seguía mirando al techo, que se dio cuenta de lo mucho que se parecían él y su madre. Ella había tratado de crearse un campo de fuerza contra el amor y lo único que había conseguido era hacerse vieja, y llena de arrepentimiento. Él había hecho lo mismo, había tratado de evitar enamorarse de Daisy, y se había quedado solo.

Alec sabía que Daisy probablemente ya se le había escapado. Había sido un cerdo, y no sólo durante su última conversación. Había sido un cerdo con ella casi desde que se conocieron. La había subestimado como regla general. Había estado muy ocupado protegiéndose a sí mismo para ver que ella se preocupaba por él. Y por eso se había lanzado a un sin fin de mujeres inferiores en su cara. Y entonces, para recompensarla por su lealtad, la había utilizado para asegurarse un trabajo y su reputación como profesional.

Durante tres años Daisy se lo había dado todo, incluso parecía que hasta su amor. Y él a cambio le había dado sólo una nómina.

Ahora que lo comprendía, se preguntaba por qué a ella le había llevado tanto tiempo despedirse.

Alec miró por la ventana y vio el cielo aclararse lentamente, sintiéndose cada vez más impaciente y esperando a que el resto del mundo despertara. Tan pronto como eso ocurriera, iba a marcharse a Los Ángeles para hacer lo que fuera necesario por encontrar a Daisy y hacer que volviera. Sólo que en esa ocasión dejaría las mentiras de lado. Iba a decir la verdad.

Con un poco de suerte no sería demasiado tarde. Porque no tenía intención de hacerse viejo y quedarse solo y amargado. Iba a hacerse viejo siendo feliz.

Con Daisy.

Daisy estaba sentada en el porche con Bam Bam tumbado en su regazo y miró hacia el Océano Pacífico y los intrincados jardines que rodeaban la casita de invitados de los Baldwin. El cielo de la mañana con Los Ángeles a lo lejos estaba cubierto con una suave neblina.

Por sexto día consecutivo se había despertado en el paraíso. Pero aquella maravilla que la naturaleza había puesto ante sus ojos no le servía de nada, porque Daisy nunca se había sentido tan infeliz en toda su vida.

Una semana antes, cuando había ido a ofrecer sus disculpas a los Baldwin, había ido con la intención de tomar el primer ferry para Los Ángeles para comenzar el largo proceso de seguir adelante con su vida. Fue Virginia la que sugirió que se tomara una semana de descanso para pensar las decisiones sobre el futuro. Al principio Daisy había tenido dudas, pero finalmente había aceptado la oferta de quedarse en la casita de invitados de detrás de la casa principal.

La semana había sido tranquila y terriblemente solitaria.

Aunque la última imagen que tuviera de Alec fuese con furia en los ojos justo antes de salir de su vida, los recuerdos que habían inundado tanto sus horas despierta como sus noches en vela eran mucho más inquietantes: sus ojos azules, su risa mientras la miraba hacer ángeles de arena en la playa, la mirada de sorpresa en su cara cuando ella le había dado una paliza jugando al ajedrez.

Un escalofrío de puro deseo recorrió su cuerpo y se sintió profundamente triste. Era el momento. El momento de volver a casa y comenzar de nuevo.

Pasó la mañana haciendo las maletas, luego fue a la casa principal a decir adiós. Virginia había sido una buena anfitriona y amiga desde el principio, escuchando toda la historia y sin juzgar ni a Alec ni a Daisy. Aquel día la abrazó y le dijo que llamara siempre que necesitara cualquier cosa, siempre que necesitara refugio.

Al mediodía Daisy ya había devuelto su carrito al hotel Margarita y estaba esperando en el puerto al próximo ferry.

Se sentó sobre la más grande de sus maletas y dejó la gatera de Bam Bam en el suelo. Era sábado y el puerto estaba lleno de turistas. Daisy suspiró al pensar en los giros tan repentinos de las últimas semanas. No sabía cómo iba a hacerlo, pero sabía que iba a dejar de querer a Alec Mackenzie. E iba a empezar recogiendo los pedazos de su corazón y pegándolos de nuevo con todo el optimismo que pudiera rescatar del fondo de su pozo personal. E iba a empezar inmediatamente.

–Te he estado buscando por todas partes –dijo una voz profunda y familiar desde detrás de ella.

Se dio la vuelta y se le aceleró el pulso. Alec llevaba una camisa vaquera y unos pantalones caquis que necesitaban un planchado. Como siempre, parecía perfecto. Él le dirigió una sonrisa y a Daisy se le contrajo el corazón. La había mentido, la había utilizado, la había dejado, y a su cuerpo parecía no importarle.

–¿Por qué? ¿Olvidaste decirme algo? –preguntó ella.

–De hecho sí –dijo mientras se arrodillaba frente a ella–. Dios, te echo de menos, Daze.

–¿Eso es lo que olvidaste decirme? –dijo ella mientras veía al ferry acercándose a lo lejos. Gracias a Dios, pasados unos minutos podría escapar de allí.

–Hay otra cosa más que olvidé.

Ella esperó. Cualquier cosa que dijese no iba a cambiar nada. Iba a marcharse en unos minutos.

–Te quiero, Daisy.

Ella dejó caer la bolsa que tenía entre las manos y oyó cómo sus cosas se desparramaban por el suelo. Se inclinó para recogerlas, pero la acción hizo que se acercara demasiado a Alec, así que dio marcha atrás. Escuchó cómo la gente a su alrededor comenzaba a murmurar mientras Alec metía sus cosas en la bolsa y se la entregaba.

–¿Me has oído? –preguntó él.

–No –dijo ella. Estoy segura de que no. me ha sonado como si hubieras dicho que...

–Te quiero –repitió él con una amplia sonrisa.

Ella no se lo creía. No podía. Sería la más tonta del mundo si dejase que la hiriese de nuevo.

–Tengo que irme, Alec. Así que dime por qué estás aquí.

Alec no la culpó por dudar de él. Por el modo en que la había tratado durante los últimos tres años, era lógico que lo mirase como si estuviese hablando suahili. Si incluso él lo había descubierto hacía sólo siete horas.

La miró fijamente. Estaba preciosa pero muy triste. Como un ángel herido tratando de echar a volar. Sus ojos estaban muy abiertos, a la defensiva.

Se tocó el bolsillo de la camisa por décima vez en una hora. Ya había ido a Los Ángeles y había vuelto en helicóptero, había estado en su casa y había visto al hermano pequeño de Daisy, Sean, recogiendo el correo. Ahora que había conocido a uno de sus tres guardaespaldas, entendía por qué le molestaba tanto que la sobreprotegiesen. Le había costado un poco explicarle a su hermano la situación pero finalmente lo había conseguido. Sean le había dicho dónde estaba Daisy y le había deseado suerte.

Una vez allí, en el muelle, Alec no sabía qué decir primero. Había muchas cosas que quería aclarar y al ver el ferry acercarse supo que debería hacerlo con rapidez.

–Siento mucho no haber sido claro contigo, Daze. Sé que lo he estropeado todo. He sido un ciego estúpido. Y tú estabas ahí desde el principio, ocultándote a plena vista. Estaba tan ocupado ahuyentando a la gente que no pude ver que tú eras la persona, la única persona, que siempre he deseado cerca de mí. Antes no me daba cuenta. Pero cuando te fuiste y mi mundo se volvió blanco y negro, lo descubrí enseguida.

Ella seguía callada, pero al menos estaba escuchando. Tenía las manos apretadas sobre el regazo. Y cuando él le tomó la izquierda pudo notar cómo su pulso latía con fuerza.

–Daisy, te quiero. De verdad –dijo Alec, y las manos le temblaban mientras sacaba la caja de cuero negro del bolsillo de la camisa–. No me lo merezco pero, por favor, créeme una vez más. Te deseo. Te necesito. No puedo hacer esto sin ti –añadió, y abrió la caja con el pulgar–. Cásate conmigo y conviérteme en un hombre honesto.

Alec pudo sentir a la multitud que se había reunido a su alrededor. Era perfecto, aquella demostración pública para expiar todos sus pecados.

Daisy lo miraba fijamente a los ojos como si estuviera buscando ahí la respuesta. Alec sonrió y asintió para alentarla a seguir buscando, porque sabía que su corazón brillaba en sus ojos.

–Quieres casarte conmigo –dijo ella con una sonrisa.

Él asintió mientras una sensación de alivio llenaba su cuerpo.

–Más de lo que nunca he querido nada en mi solitaria vida.

Ella miró al anillo y se mordió el labio inferior.

–¿Y eres de verdad Alec Mackenzie? ¿No se trata de algo parecido a *La invasión de los ladrones de cuerpos*?

–No, cien por cien auténtico.

–Sigo pensando abrir mi hotelito, y no pienso dejar que me ganes al golf.

–Lo sé. Ésas son dos de las razones por las que te quiero.

Ella sonrió abiertamente, pero la sonrisa se esfumó enseguida. Bajó la voz para que la interesada muchedumbre no pudiera oírla y dijo:

–¿Realmente crees que puedes hacerlo, Alec? ¿Convertirte en hombre de una sola mujer?

–Es tarde para eso, cariño. Ya me he convertido en eso –dijo él, y sintió cómo el corazón se le aceleraba mientras le colocaba el anillo en el dedo y la levantaba–. Ahora di que te casarás conmigo.

Ella volvió a mirar el anillo, inclinó la cabeza

hacia un lado, luego miró hacia arriba y lo miró durante un momento a los ojos. Luego apartó las manos de él y las colocó sobre sus hombros.

Los dos estaban temblando, los dos plenamente conscientes del escrutinio de la gente que pasaba, y aun así Alec sabía que se habría quedado allí toda una eternidad para poder sentir su cuerpo contra el suyo.

–Sí –susurró ella–. Lo haré.

Para Alec fue como si el mundo a su alrededor respirase por fin y comenzase a girar de nuevo. La tomó en sus brazos y la besó con ansia.

La bocina del ferry sonó con insistencia y Alec se apartó ligeramente, aunque le parecieron millas.

–Dime –dijo él–. Dime que me quieres como yo te quiero. El tipo de amor para hacerlo apasionadamente durante cien años.

–Justo es ese tipo de amor, idiota. Siempre lo ha sido –dijo ella, y con ésas le inclinó la cabeza y lo besó con pasión, dulcemente, eternamente.

Finalmente se separó para tomar aire mientras los pasajeros que llegaban a tierra firme comenzaban a bajar del ferry.

–¿Has visto lo que acabo de hacer? –preguntó ella mientras se restregaba contra su cuerpo–. He roto la distancia que guardas con todo el mundo.

Y aunque el mundo a su alrededor siempre había estado plagado de los colores del arco iris, Alec se dio cuenta de que por primera vez en su vida lo veía todo en Technicolor.

La acercó más a él, inclinó la cabeza hacia abajo y respiró contra sus labios.

–Pensé que nunca la romperías, cariño. Pensé que nunca la romperías.